DOGGY BAG

DU MÊME AUTEUR

Aux Éditions Bernard Barrault

50 CONTRE 1, *histoires*, 1981.
BLEU COMME L'ENFER, *roman*, 1983.
ZONE ÉROGÈNE, *roman*, 1984.
37,2 ° LE MATIN, *roman*, 1985.
MAUDIT MANÈGE, *roman*, 1986.
ÉCHINE, *roman*, 1986.
CROCODILES, *histoires*, 1989.
LENT DEHORS, *roman*, 1991 *(repris en « Folio »* n° 2437*)*.

Aux Éditions Gallimard

LORSQUE LOU, 1992. *Illustrations de Miles Hyman* (« Futuropolis »).
SOTOS, *roman*, 1993 (« Folio » n° 2708).
ASSASSINS, *roman*, 1994 (« Folio » n° 2845).
CRIMINELS, *roman*, 1996 (« Folio » n° 3135).
SAINTE-BOB, *roman*, 1998 (« Folio » n° 3324).
VERS CHEZ LES BLANCS, *roman*, 2000 (« Folio » n° 3574).
ÇA C'EST UN BAISER, *roman*, 2002 (« Folio » n° 4027).
FRICTIONS, *roman*, 2003 (« Folio » n° 4178).
IMPURETÉS, *roman*, 2005.

Aux Éditions Julliard

ARDOISE, 2002.

DOGGY BAG, *saison 1*, 2005.
DOGGY BAG, *saison 2*, 2006.
DOGGY BAG, *saisons 5 et 6*, à paraître en 2007-2008.

Chez d'autres éditeurs

BRAM VAN VELDE, Éditions Flohic, 1993.
ENTRE NOUS SOIT DIT : CONVERSATIONS AVEC JEAN-LOUIS ÉZINE, Presses Pocket, 1996.

PHILIPPE DJIAN

DOGGY BAG

Saison 4

roman

Julliard
24, avenue Marceau
75008 Paris

Ouvrage publié sous la direction de Betty Mialet

ISBN 978-2-260-01676-2

Principaux personnages

David Sollens
42 ans. Frère de Marc.
A été amoureux fou d'Édith. Vient d'épouser Josianne qu'il croyait enceinte.
Personnalité tourmentée.

Marc Sollens
41 ans. Frère de David.
A été amoureux fou d'Édith. Se met en ménage avec elle.
Très remonté contre la mairie. Quasi obsédé sexuel.

Irène Sollens
63 ans. Leur mère. Femme de Victor dont elle est séparée.
Épouvantée par le retour d'Édith. Catholique pratiquante. A été kidnappée, battue, violée. Une femme de caractère.

Victor Sollens
71 ans. Leur père.
Profondément préoccupé par la vieillesse et la mort.

Tente, sans grand succès, de revenir vers sa femme.
Enchanté d'apprendre qu'il est le grand-père de Sonia.
De type ombrageux.

ÉDITH
40 ans. Mère de Sonia.
Retour après 20 ans d'absence. A laissé un mari (Paul) quelque part.
Vit désormais avec Marc.
Séjour en HP pour dépression 15 ans auparavant.
Travaille pour le magazine *City* que dirige sa meilleure amie, Catherine Da Silva.

SONIA
20 ans. Fille d'Édith. Et depuis peu de Marc (avec lequel elle peine à entretenir des relations satisfaisantes).
Étudiante.
A un petit ami, Joël, 25 ans, dans une chaise roulante (mais n'avait de relations sexuelles qu'avec son dentiste, Patrick Vinter).
Odile, 18 ans, vit avec elle. Un peu teigne.

CATHERINE DA SILVA
40 ans.
Meilleure amie d'Édith et directrice de *City*.
Dix kilos de trop, mais joliment extravagante.
Pratique l'échangisme (a eu des relations avec Marc au cours de ces soirées).

ROBERTO
42 ans. Ami d'enfance des deux frères, d'Édith et de Catherine.
Son restaurant a fait faillite. Aurait aimé plus d'attention de leur part.
A eu une histoire un peu sordide avec C. Da Silva, histoire dont il n'est pas fier et dont elle ne cesse de l'accabler.

BÉA
32 ans. Secrétaire des deux frères.
Secrètement amoureuse de Marc, mais David ne la laisse pas indifférente.
A une sœur Martine, en plein divorce.
S'éclate entre les deux frères.

JOSIANNE
35 ans. Maîtresse puis épouse de David.
Infirmière. A fichu le camp de chez elle à 16 ans pour avoir la paix.
Madame la-fin-justifie-les-moyens avec le corps de Jennifer Lopez.
L'un de ses enfants s'est noyé dans une piscine. Elle a une fille de 7 ans, Géraldine.

PAUL
45 ans. Mari d'Édith.
A pris une jeune maîtresse de 18 ans, Sylvie.
Vit à la campagne.

DOCTEUR NICOLAS BRADGE
58 ans. Médecin d'Irène, et accessoirement de Victor.
Sexualité mal définie. Amoureux d'Irène depuis le collège.

PÈRE JOFFREY
60 ans. Prêtre. Irène Sollens est l'une de ses ouailles. Fervent adepte de la course à pied et de la rénovation/entretien du bâtiment.

VALÉRIE ARDENTROPP
La soixantaine. Secrétaire particulière de Victor et relation d'Irène. Très attachée à son maître, une hystérique rentrée.

ÉLISABETH DORFLINGER
Voisine et relation d'Irène et Victor. Milite pour l'éloignement des maris. Très bronzée.

INSPECTEUR BLOTTE
Un poil misogyne.

VINCENT DELBORDE
Avocat des deux frères. Gay. À la tête d'un mouvement de résistance dirigé contre la mairie.

MARGA et GILBERT DAMANTI
Les voisins de Marc et Édith, proches de la cinquantaine. Sérieusement allumés. Enterrent des fœtus dans leur jardin et se montrent aux fenêtres.

Lorsqu'ils avaient vingt ans, et sous les yeux effarés de leur mère, David et Marc Sollens ont failli s'entretuer pour Édith – laquelle, amoureuse des deux garçons, en a profité pour s'enfuir avec un second couteau avant que les choses ne tournent encore plus mal.

Ils ont aujourd'hui la quarantaine et elle revient. Aïe.

Elle a une fille de vingt ans, Sonia. Et comme elle couchait avec les deux frères, à l'époque, il y a un moment de flottement. Mais on finit par apprendre que le père est Marc et ça tombe bien, ça tombe très bien, car Édith et Marc se mettent bientôt en ménage.

On a pensé un moment que David allait s'étrangler – et on l'aurait compris – de voir Édith lui passer sous le nez une seconde fois, mais c'est là qu'intervient Josianne, une infirmière avec le corps de Jennifer Lopez, qui surprend tout le monde en obligeant l'aîné des frères Sollens à l'épouser – après l'avoir mise enceinte.

Pendant ce temps, la mère, Irène, a été enlevée par un maniaque sexuel, tandis que Victor, son mari, tente un come-back à ses côtés car son vieux cœur bat de nouveau pour elle. Vu ?

On traverse un été chaud, ardent. À la suite d'un monstrueux orage, la ville est inondée et l'on se croirait à Venise, mais sans les touristes, et l'on baigne alors dans une atmosphère un peu délétère. On voit des hélicoptères tourner dans le ciel, on voit passer des vedettes de la police fluviale, et beaucoup de gens en ont assez, beaucoup de gens reprochent au maire son incurie et les Sollens en font partie. Les deux frères. Pas le père. Pas Victor Sollens qui fraye pas mal avec le camp opposé.

Marc a acheté une maison au bord du fleuve et David a investi l'appartement de son père si bien que celui-ci passe désormais de nouveau ses nuits sous le même toit que sa femme, ce qui constitue un net progrès mais demeure assez éloigné du but recherché.

Lorsque, l'âge aidant, on sent la mort approcher, il est difficile de ne pas se montrer impatient. Si, dans l'histoire, il n'avait pas gagné une petite-fille, qui sait quelle période dépressive il traverserait en ce moment, quelles pensées mortifères l'assailleraient à soixante et onze ans passés.

Tout autour, la ville miroite et clapote. Édith, qui eut longtemps la phobie de l'eau, surmonte brillamment l'épreuve. Elle refuse de s'inquiéter de l'appétit sévère de Marc pour le sexe et reste persuadée qu'elle a fait le bon choix – elle pense parvenir à réduire leurs séances à deux fois par jour dans un avenir assez proche.

Elle revient de loin. Elle revient de si loin que parfois elle se sent à bout de forces mais elle tient bon. Elle gère tout ça. Elle a même réussi à ne pas affronter sa fille, à échanger quelques mots avec Irène. Elle gère tout ça.

Dans l'ensemble, il s'agit d'un équilibre précaire, assez étonnant, si branlant qu'il en acquiert une sourde fermeté, tout rompant qu'il s'affirme avec les lois les plus élémentaires de la physique des corps qui s'entrechoquent.

Mais comme toujours, et une fois de plus, le seul problème est de trouver la bonne cadence pour la lecture, la bonne foulée.

***

Ce que l'on craignait est arrivé : Victor Sollens s'est pendu.

Le niveau des eaux baisse, le fleuve retourne dans son lit, Irène est saine et sauve, mais le vieil homme n'a pas supporté d'être rejeté par les siens – pour une vague histoire de trahison dont il se serait rendu coupable.

De son côté, David découvre que Josianne n'est pas enceinte, ce qu'il n'apprécie que moyennement puisque c'était la raison pour laquelle il l'avait épousée.

Autant dire que, pour certains, les choses ne vont pas très fort.

À présent, plusieurs mois ont passé. L'arrière-

saison est magnifique, la nature étonnamment luxuriante. Et il y a un grand plaisir à écrire là-dessus, sur le cheminement des âmes aujourd'hui, *sur ces choses que nous avons sous les yeux, étrangement belles et menaçantes.*

Ph. Djian

1.

Marc lutta jusqu'au début de l'automne. Un matin qu'il se trouvait seul à la maison et après avoir contemplé le paysage durant un bon moment, sur une musique de Supersilent, il capitula en grimaçant. Peut-être à cause des rouges et des jaunes enluminant les arbres du jardin ou des reflets mordorés du fleuve qui favorisaient l'introspection – difficile à dire. Il faisait encore chaud. Le froid ne viendrait pas à son secours de sitôt.

Il tomba sur une femme – sur une voix de femme, rauque. Et après qu'il eut gardé le silence durant quelques secondes, la voix déclara qu'il devait se détendre, que tout allait bien, qu'il n'avait pas à avoir honte, que c'était une maladie, bla bla bla, que ça se passait plus ou moins de la même manière que chez les Alcooliques anonymes qui avaient justement leur salle de l'autre côté du couloir et que même ils se connaissaient tous plus ou moins. Marc, lui qui ne transpirait pratiquement jamais, avait le front totalement emperlé.

Il se savait sérieusement atteint. Durant ces

derniers mois, il n'avait cessé de se cacher la vérité, de nier que son appétit sexuel ne faisait qu'empirer et que tout ça allait mener à la catastrophe – dans un futur assez proche s'il ne faisait rien. Il avait essayé les glaçons. Il avait essayé de tenir sa queue enserrée entre ses cuisses, la comprimant de toutes ses forces. Il avait essayé de penser à autre chose. À plusieurs reprises, le regard d'Édith s'était montré terrible – ces regards-là le rendaient malade. À plusieurs reprises, ces regards l'avaient poignardé et il finissait par sauter hors du lit et descendait boire un verre d'eau, regardait la télé dans le salon pour se vider la tête.

Édith lui avait donné ce numéro de téléphone depuis une quinzaine de jours. C'était comme si elle lui avait enfoncé un buisson d'épines dans le fond de la gorge. Il ne parvenait pas à s'en débarrasser. Dans sa poche de chemise, il lui brûlait la poitrine. Dans sa poche de pantalon, il lui brûlait la cuisse. « Pourquoi ne le fais-tu pas, lui disait-elle. Qu'est-ce que tu attends ? Je suis sûre que ça va marcher. » Il valait mieux que ça marche, se dit-il en raccrochant. Il valait mieux que son humiliation n'ait pas été déployée en vain.

La prochaine réunion, celle où il devrait se présenter, se tenait le samedi suivant et le simple fait d'y penser lui incendia l'estomac d'un jet de bile.

Il avait l'impression d'avoir reçu le plafond sur la tête, mais dans le même temps il se sentait plus léger.

Avoir baisé Martine n'avait pas été une très bonne idée. Il s'en voulait, il le regrettait, mais autant dire qu'elle s'était jetée à son cou. Ce qui ne constituait pas une excuse, mais le cas de figure s'était révélé le pire qui pouvait lui échoir. Le cas de figure où une langue de femme se met à frétiller dans votre bouche avant que vous n'ayez pu tenter quoi que ce soit. Sur la banquette arrière de son Audi cabriolet qu'elle désirait vendre pour des questions de liquidité – son avocat, Vincent Delborde, n'était pas le meilleur marché de la ville. Une femme un peu névrosée, cette Martine, à la fois très fragile et volcanique, complètement transfigurée lorsqu'elle était lancée, un peu emportée, même.

Il conduisait tranquillement et elle les avait envoyés dans les fourrés sans prévenir, donnant un coup de volant tandis qu'il tâchait mentalement d'établir une offre pour le véhicule de cette femme à la peau d'une blancheur de porcelaine tout en lui proposant de repartir sur autre chose au moyen d'un crédit qu'on pouvait étaler sur six ans sans apport, par exemple sur une B 200 Turbo. Il se demandait qui – malade ou pas – aurait pu résister – même s'il avait déjà une main sur la cuisse de Martine avant même qu'ils ne quittent la route – au traquenard qu'elle lui tendait au détour d'une forêt. Qui se serait montré assez fort ?

En tout cas, il fallait que ça cesse. Avant qu'Édith ne s'aperçoive de quelque chose. Une sacrée dose de fichue naïveté s'avérait nécessaire pour croire que l'on pouvait passer entre les gouttes. Il n'avait pas l'intention de prendre ce genre de risque. Il n'avait aucunement l'intention de prendre ce risque, ni de se conduire comme un salopard, autant que faire se pouvait – durant vingt ans, il avait rêvé du type qu'il deviendrait dès qu'il mettrait un pied dans sa nouvelle existence et il avait envie de regarder cet homme-là dans une glace, il était temps à présent, le moment était désormais arrivé. Aussi devait-il faire vite. Aussi devait-il se soigner au plus vite. Ces réunions n'allaient sans doute pas le tuer. Bien sûr que non.

Peut-être même serait-il guéri à Noël ?

Il convoqua Béa dans son bureau, choisissant une heure creuse et un essai que David effectuait en compagnie d'Hermann, le chef d'atelier, avec l'Aston Martin de son père.

Il expliqua à Béa dans quel pétrin il s'était fourré. Au lieu de l'aider, elle se laissa choir dans un fauteuil.

« Je sais bien que c'est votre sœur, lui répondit-il. Bien sûr. Et alors ? C'est votre sœur, et alors ? Béa, vous voulez que j'ouvre la fenêtre ? »

En tout cas, il comptait sur elle pour convaincre Martine d'abandonner toute idée de relation suivie avec lui, même s'il avait laissé entrevoir le contraire durant un instant d'égarement.

Béa, parfois, adoptait un comportement singulier. Avec le temps, David et lui avaient eu le loisir d'observer certains traits assez curieux de leur secrétaire. Sans doute ne fallait-il pas chercher à comprendre.

Il espérait qu'elle avait bien enregistré – malgré cette impression qu'un serpent l'avait mordue et que le poison lui paralysait la poitrine. Elle vacilla légèrement sur ses talons hauts.

Quant à lui, une bonne partie de son esprit était

effondrée à la perspective de couper les ponts avec Martine quand il pensait à l'oxygène qu'elle lui avait apporté. Une partie de lui s'en trouvait déchirée. Mais dans le même temps, il prenait conscience de la profondeur de son mal, du degré d'addiction qu'il avait développé en feignant de regarder ailleurs.

Il allait payer cette faiblesse. Il le sentait bien. Il allait devoir retrousser ses manches s'il comptait remonter à la surface. Certes, la partie n'était pas perdue. Mais elle était loin d'être gagnée, conjecturait-il. Par là, Noël semblait si proche – alors que la campagne brillait encore d'une chaude lumière cuivrée.

Il quitta le garage à la nuit presque tombée. Il faisait bon. Il effectua un détour par la mairie et retrouva Vincent Delborde dans son bureau alors que celui-ci était en train d'essayer différents fauteuils à roulettes et ne parvenait pas à se décider. « Tu rigoles, mais c'est très important d'être bien assis, expliqua l'avocat. C'est plus important que tu ne crois. J'ai besoin d'un fauteuil dans lequel je puisse réfléchir, tu vois ? Du Knoll, non ? Modèle Sapper ? A-t-on inventé mieux ? »

Tout allait bien. Tout allait plutôt bien. Marc passait régulièrement et il fallait le voir pour le croire : tout semblait fonctionner. La mairie semblait fonctionner. Les services fonctionnaient. Aussi incroyable que c'était. Ils chevauchaient le ver, comme disait l'avocat.

L'image était brutale. Il s'agissait davantage d'une promenade de santé que d'un rodéo, que du furieux rodéo qu'on leur avait promis et beaucoup n'en revenaient pas. Lui-même était bluffé. Peut-être lui le premier.

« Essayons de ne pas traîner, déclara-t-il à Vincent. Quoi qu'elle ait préparé, je ne crois pas qu'elle acceptera de le réchauffer, tu la connais. »

À cette heure – c'était dire à quel point la nouvelle équipe était motivée – il régnait encore une impressionnante activité dans les couloirs. Une majorité de femmes, mais aussi de jeunes types pour le moins bi que Vincent avait engagés, sans parler des membres de son cabinet qui avaient rappliqué avec armes et bagages.

Marc aimait bien les regarder s'activer. Regarder ces femmes qui allaient et venaient, en tailleur, loin de leur foyer, toutes ces proies innocentes, toutes ces cibles faciles. Très mauvais pour ce qu'il avait. Le matin même, une jeune femme grimpée sur un vélo lui avait fichu son heure de gym en l'air, affublée d'une jupette en Lycra et d'un slip léopard dans les gris bleu – il fallait envoyer cette femme à l'asile – et se dandinant sur une selle.

Ce club de gym, d'ailleurs. En tirait-il un quelconque bénéfice quand il y pensait ? Où était l'avantage quand la balance paraissait s'équilibrer ? Quand il passait son heure de cardio à fantasmer sur les femmes qui l'entouraient – comme avec la folle de ce matin qui affichait par-dessus le marché une allure sévère et donnait l'impression d'ignorer le spectacle cuisant qu'elle offrait, cette petite garce –, quel gain en tirait-il ? Cela le plaçait-il sur le chemin de la guérison ?

« Laissons refroidir son rôti ou je ne sais quoi,

ajouta-t-il, et nous risquons d'aller le manger sur un banc, toi et moi. »

Il fallait reconnaître, cependant, que trancher n'était pas facile. Marc considéra l'avocat qui se pinçait le menton, renversé dans un siège dont le mécanisme lui massait les reins par le biais d'un moteur électrique télécommandé, parfaitement silencieux, mais bon, ce n'était pas du Knoll. Il n'était pas facile de s'arracher au plaisir que tout cela procurait. Du bout du pied, l'avocat imprimait à son fauteuil un faible mouvement de rotation. De ce point de vue, les journées ne paraissaient jamais assez longues. Pour finir, ce dernier se pencha et appuya sur un bouton, et un jeune type apparut avec sa serviette et sa veste – au garde-à-vous, apparemment satisfait de la vie.

Ils s'élancèrent sur la voie express qui s'incurvait le long du fleuve, évoquant une crinière lumineuse.

« Michael Douglas. Michael Douglas, vieux. Il a épousé cette fille ravissante, cette actrice, et il ne sort pratiquement plus de chez lui. On a son témoignage. On sait comment il est parvenu à sortir du tunnel. Thérapie comportementale. Programme en douze étapes. »

Il passa le bras à la portière et joua avec le vent dans sa main. L'avocat avait enclenché le lecteur et Connor Oberst emplissait l'habitacle de sa superbe voix, l'album s'intitulait *One Jug of Wine, Two Vessels* et frisait la perfection. Au loin, au-dessus du fleuve, le soleil plongeait derrière l'horizon. La circulation était fluide. *Spring Cleaning.*

« J'ai bon espoir... » fit-il à la fin du morceau.

« J'ai vraiment bon espoir... » ajouta-t-il au bout d'un moment.

Les titres étaient si bons qu'il n'était pas facile de se concentrer sur autre chose – l'effet était le même avec le *Shut up I am dreaming* de Spencer Krug qu'Édith et lui avaient découvert deux jours plus tôt et qui les avait mis à genoux.

« Quoi qu'il en soit, reprit-il, je me suis inscrit à leur prochaine réunion. »

Vincent Delborde hocha la tête et se mit à sourire dans la pénombre. Était-ce une façon de saluer les premières mesures de *I'm sorry, I sang on your Hands,* sinon quoi ?

Au cours de tout le repas, il fixa Édith. Y avait-il une chose qu'il eût davantage désirée au monde ? Avait-il engendré un rêve capable de supplanter celui qu'il vivait aujourd'hui ? Avait-il imaginé un monde au-delà de celui-ci durant les vingt dernières années ?

Elle était assise en face de lui. Elle souriait. Elle irradiait. Elle disait nous, et ce nous valait pour elle et lui et personne d'autre. Il aurait pu tendre la main et la toucher. C'était tout ce qu'il eût jamais désiré, le seul but qu'il eût jamais cherché à atteindre. De joie, une larme aurait pu couler sur sa joue. Elle souriait, levait son verre, son haddock au curry avait encore une fois remporté tous les suffrages et ils avaient pu manger dehors en chandail.

Et pourtant, elle n'avait pas compté une seconde. Il avait baisé Martine sans hésiter, sans se soucier le moins du monde de mettre tout ça en péril pour le seul bénéfice de sa queue – pardon pour le langage.

Elle lui offrit son profil en se tournant vers Joël qui venait de renverser son verre et bafouillait de vagues excuses. Il adorait tout simplement sa nuque. La nuque d'Édith était la troisième ou la quatrième merveille du monde. Comment était-ce possible ? Comment pouvait-il prendre de tels risques ? Si un doute subsistait quant à l'opportunité de se faire soigner, il y avait là de quoi être rassuré, se disait-il.

Il s'agissait d'une course contre la montre. Comme de sortir en courant d'une forêt en flammes. Le feu ronflait sur ses talons. Le rendez-vous qu'il avait pris avec les Sexoliques anonymes le remplissait d'espoir. La femme avec laquelle il avait parlé lui avait plutôt fait bonne impression, ancienne sexuelle dépendante elle-même ainsi qu'elle avait fini par le lui avouer tout en ajoutant qu'ils comptaient un grand nombre de réussites parmi les frères et les sœurs qui étaient repartis dans la nature, et presque 100 % quand les gens étaient motivés.

Sexuel dépendant. C'était le nom de ce qu'il avait attrapé. En pratiquant le sexe à haute dose ? En multipliant certaines soirées ? En tout cas, il avait allégrement franchi les limites du raisonnable en la matière. La certitude de pouvoir retourner à une vie normale quand il le déciderait ne l'avait jamais quitté. Ce discours était bien connu. Et l'avait amené comme les autres, comme tous les drogués de la Terre, au bord du gouffre habituel. Un miracle qu'il s'en fût tiré sans avoir signé son arrêt de mort sur un de ces effroyables oreillers.

Du coin de l'œil, tandis qu'il feignait de s'intéresser à la conversation – l'appauvrissement des ressources, la lâcheté des gouvernements, la presse complètement larguée –, il observa les fenêtres des Damanti et nota qu'ils n'étaient pas encore montés à l'étage. En quelques mois, la situation s'était à ce point dégradée. Jusqu'à guetter le moment où la fenêtre de leur chambre allait s'allumer, puis celle de leur salle de bains.

Bientôt, Édith découvrirait son manège, comme elle découvrirait les revues qu'il dissimulait à la cave ou certains sites qu'il visitait ou un parfum compromettant ou, pis encore, sur la banquette arrière. Il s'agissait bien d'une course contre la montre. Il se leva pour planter quelques flambeaux – des imitations de flambeaux censés tenir les insectes à distance, qu'Édith avait trouvés chez Conran, tout en éclairant un peu – autour de la table et il considéra la réunion qui se tenait dans son jardin. Il alluma les mèches l'une après l'autre, au moyen de longues allumettes qu'on lui avait conseillé d'acheter avec. Il ne voulait pas les décevoir. Aussi étrange que c'était. Ne pas décevoir Édith pour commencer. Et dans cette perspective, il se félicitait d'avoir pris le taureau par les cornes.

Il était persuadé qu'il pouvait devenir un type bien. Si on l'aidait un peu, si on le soutenait durant l'épreuve. On ne devait pas oublier que ce qui lui arrivait pouvait arriver à n'importe qui. Chacun pouvait être frappé par cette malédiction, chacun pouvait se faire vampiriser par le sexe. Le sujet contenait plus de deux millions d'entrées sur le web.

Édith n'imaginait même pas un dixième de la réalité. Ces derniers temps, il devait se payer les services de deux ou trois filles par semaine, sans compter les extras du genre de Martine et une ou deux branlettes quotidiennes. On pouvait dire que les choses avaient dégénéré durant l'été et que les braises rougeoyaient à présent.

Il emporta des plats à la cuisine. À l'idée qu'il allait bientôt s'asseoir au milieu d'inconnus et leur étaler sa vie de long en large, il se sentait presque rassuré. Il se sentait un peu plus détendu. De quoi lui remettre en mémoire l'époque où il se confessait, comme il se sentait soulagé ensuite, comme il se sentait plus léger. Et encore une fois, quelle chance d'avoir Édith, quelle chance il avait de connaître une femme à l'esprit si ouvert, qui aussitôt avait diagnostiqué son mal et l'avait empêché de sombrer dans la culpabilité la plus noire quand d'autres l'auraient crucifié dans la foulée. Il pouvait remercier le Ciel. Elle ne l'avait pas repoussé, comme un animal trop gourmand. Ne l'avait pas humilié. Elle lui avait simplement glissé l'adresse des Sexoliques anonymes et assuré de la réputation de sérieux dont l'organisation jouissait.

Il avait mis du temps à se décider, mais à présent les jeux étaient faits, il s'était inscrit à la prochaine réunion et il allait suivre ce parcours en douze étapes à la lettre. Il lui tardait de penser à autre chose, d'envisager d'autres plaisirs que ceux de la fornication. Édith lui passait des livres qu'il avait à peine le temps d'ouvrir, lui conseillait des films qu'il ne voyait jamais – il en regardait d'autres, naturellement. Stoïque, elle supportait encore une envie qui le prenait au beau milieu de la nuit ou à l'heure du déjeuner, mais une certaine lassitude se laissait entrevoir par instants, malgré les efforts qu'elle faisait.

Il était émerveillé par la confiance qu'elle avait en lui. Comment faisait-elle pour ne pas s'apercevoir qu'il couchait à droite et à gauche ? Certes, il prenait un minimum de précautions et ne s'éternisait pas, mais il demeurait perplexe. À moins d'imaginer que certain vieux sentiment ne fût pas mort – ce qui restait à prouver en dépit des bons moments qu'ils passaient ensemble – il ne voyait guère d'autre explication.

L'amour était une chose possible, envisageable. L'amour rendait aveugle. En attendant, la lumière venait d'inonder la fenêtre des Damanti. C'est ce qu'on disait, que l'amour rendait aveugle. Il avait aussi ce genre de discussion avec l'avocat. Vincent lui avait raconté tellement d'horreurs sur sa vie d'homo en couple que Marc s'était senti en confiance et avait été ravi de trouver une oreille amie, compréhensive, épatante, dans laquelle s'épancher – d'autant qu'il tenait les homos pour des malades, comme une catégorie à laquelle on pouvait confier ses turpitudes sans éprouver de honte. « Alors explique-moi pourquoi il y a tant d'homophobes, rétorquait l'avocat, explique-moi pourquoi on ne nous élève pas des statues. »

Le plus effrayant provenait de son incapacité à résister. Quelque chose basculait en lui – fonctionnait comme un interrupteur. Son esprit s'obscurcissait et il ne retrouvait sa liberté qu'à la fin de la séance, au moment où il devait payer ou remonter son pantalon. Le désir frappait trop fort, voilà tout.

Toutes ces années de débauche le rattrapaient. Avait-il imaginé que la profusion sexuelle le guérirait de la perte d'Édith ? S'il avait pu le croire durant tout ce temps, le truc lui revenait en pleine figure aujourd'hui. Il baissa la tête.

Puis il découvrit que sa mère avait les yeux fixés sur lui et, durant un instant, il eut la certitude qu'elle savait tout, que rien ne lui avait échappé et qu'elle avait évidemment prévu ce qui lui arrivait. Il quitta une nouvelle fois la table. Non pour se soustraire au regard d'Irène dont la moindre critique aurait été malvenue après l'épisode du menuisier, ni pour se dégourdir un peu les jambes ou servir les sorbets que David avait apportés, mais dans le seul but de gagner sans attendre la salle de bains du premier. Dans ce seul but.

En fait, même s'ils ne se livraient pas à quelque pratique sexuelle intéressante devant leur fenêtre ou encore sous la douche ou en appui devant les lavabos, il pouvait compter sur Marga pour se montrer à poil, fût-ce entre deux bâillements après une sortie en ville ou une connexion avec l'au-delà par le biais d'une planchette.

Ça ne lui prendrait qu'une ou deux minutes. Étonnant de savoir que l'orgasme est si près, songeait-il souvent. En une minute, on pouvait passer du pire ennui, de la pire désolation, n'est-ce pas, à la pure félicité. Le jaillissement du sperme était l'acmé, merde, se disait-il. Ça valait le coup de quitter la table.

À son retour, il distribua quelques discrets sourires pour ce petit contretemps – son sorbet avait à peine fondu. Se doutaient-ils de quelque chose ? Il espérait que non. L'addiction sexuelle se prenait avec des pincettes dans les familles. Guère mieux lotie que la pédophilie. C'était une maladie, bien entendu, mais était-elle suffisamment considérée comme telle ? Il voyait le moment où le club de gym allait lui demander de rendre sa carte, où le pharmacien refuserait de lui vendre du gel, où les filles augmenteraient leur tarif pour compenser l'usure du matériel. L'avenir n'était pas tout rose. S'il ne réagissait pas, il allait au-devant de sombres épreuves, la cause était entendue.

Les bureaux des Sexoliques anonymes se trouvaient sur son chemin, d'ailleurs, à deux pas du centre. Il y avait un parking pour se garer. La femme à la voix rauque – elle avait arrêté de baiser mais pas de fumer, non ? – lui avait laissé entrevoir des résultats assez rapides, en tout cas signifiants, si sa motivation était totale, à 100 % avait-il répondu. Il se sentait assez excité à l'idée d'entamer sa guérison. Ces méchantes séances avec Martine – à croire que cette femme n'avait pas baisé depuis le siècle dernier et que son mari ne l'avait jamais prise en levrette – montraient clairement que le danger augmentait. Il devenait trop audacieux pour s'en tirer encore très longtemps. La sœur de Béa. Il fallait qu'il soit dingue. Qui sait combien de temps allait encore tenir le serment qu'il avait fait de ne jamais coucher avec le personnel ? Il soupira en tournant la tête vers un ciel subtilement étoilé. Coucher avec le personnel serait la fin de tout. C'était une chose que Victor leur avait apprise.

Il ne fallait pas oublier ce sentiment de paix, de

vacuité plutôt, qui s'installait après l'éjaculation. Le plaisir qu'on en retirait n'avait rien d'anodin. Ce qu'il vivait en ce moment précis, ce vertigineux détachement, ce n'était pas rien. Ça tenait les ombres à distance, ça minimisait les zones de turbulence qui se profilaient à l'horizon, rien de moins. Il posa ainsi un œil sur Sonia qui faisait le tour de la table avec des cafés et il la trouva superbe – bien qu'il ne sût pas quoi en faire. Joël fit pivoter son fauteuil et se pencha vers lui, lâchant tout de go : « Combien de temps vous me donnez, hein ? Combien de temps vous me donnez avant qu'elle me largue ? Hein, j'ai combien de temps devant moi ?

— Holà, du calme, Joël, mon vieux, ça tourne à l'idée fixe, tu sais.

— Vous croyez ? Regardez-la. J'ai combien de temps, d'après vous ?

— Écoute, tu as fait d'incroyables progrès. Tu as fait des progrès inimaginables.

— Arrêtez de déconner. Je ne suis pas près de sortir de ce putain de fauteuil. Et regardez-la. Regardez dans quel état sont mes guiboles, putain. »

Le bougre fit une scène à Sonia en repartant. Au moment où elle finissait de l'installer à la place du passager – exercice que visiblement elle n'avait mené qu'avec peine –, il se mit à brailler furieusement après elle. De façon odieuse. Il l'attrapa par le poignet et la secoua.

Comme ils observaient la scène à distance – Sonia et son fiancé n'acceptaient l'aide de personne, la consigne était *Foutez-nous la paix, merde* – Josianne déclara que feu son ancien mari avait commencé comme ça, par des mots, par du sonnage de cloches relativement maîtrisé.

Marc referma ses mains sur les accoudoirs de son siège. Édith posa la main sur son bras. Ensuite, Sonia s'occupa du fauteuil de Joël, qu'elle plia, qu'elle rangea sur l'emplacement de la banquette arrière – qu'elle avait elle-même démontée pour plus de commodités, sur les conseils vibrants du garçon.

Catherine Da Silva demanda à Édith si elle se souvenait d'une fille qu'elles avaient connue au collège et qui s'était occupée de ses cinq frères et sœurs à la mort de leur mère – elle avait quoi ? quatorze ans ? – et qui s'était courbée au fil des mois comme une vieille femme jusqu'à ce que le plus jeune fût à la bonne hauteur pour lui fracasser une bouteille de soda sur la tête.

On entendait encore Joël vitupérer lorsque la Volvo démarra. Personne n'avait de solution à proposer. Personne n'était prêt à se lancer dans le piège que constituait la moindre interposition. Sonia avait vingt ans. Tout le monde était passé par là.

« Je revois très bien cette gamine, déclara Irène en remontant le col de sa veste. Sa mère était professeur au lycée, professeur d'histoire je crois. C'est drôle que tu parles d'elle car figure-toi que je l'ai rencontrée en ville, l'autre jour, et nous avons parlé de toi.

— Parlé de moi ? Vous avez parlé de moi ?

— Nous avons parlé de ce numéro spécial que tu as sorti sur les dégâts. Eh bien, tu comptes une admiratrice de plus, je te le garantis. Je ne pouvais plus l'arrêter. Oh, c'est bien simple, elle te vénère. Depuis le collège. Comment t'a-t-elle appelée ? Je ne sais plus au juste, peu importe, mais tu es son modèle.

— Vous voulez savoir ? Sincèrement j'ai honte. Vous voulez savoir ? Je ne savais même pas qu'elle était encore vivante. Elle aurait aussi bien pu être morte. Vous voyez ce que je veux dire ? Je l'avais rayée de mon esprit. Elle n'existait plus. C'est quand même sidérant, non ?

— Tu veux nous faire croire que ça t'inquiète ? ricana l'avocat. Tu ne comptes que des amis, ici. Regarde. Inutile de te fatiguer.

— Ça ne te fait pas ça en vieillissant ? Tu n'as pas besoin de te sentir un peu plus humain ? Est-ce que par hasard nous aurions voté pour un type au cœur de pierre ? Je veux dire, en plus d'être homo, hein, rassure-moi. »

L'atmosphère était détendue. Gilbert Damanti avait planté un drapeau dans son jardin, le drapeau national, sur un haut mât blanc, et les couleurs du pays ondulaient dans l'air du soir. Marc avait fini par s'y habituer et le trouvait même à présent utile, presque indispensable d'un point de vue météorologique. Il se soulevait à peine ce soir-là, de l'autre côté de la haie. Il flottait à peine. L'avocat avait distribué des cigares et Irène était la seule à n'en avoir pas pris. Leurs fumées tourbillonnaient dans l'air. Gilbert Damanti n'avait pas encore sifflé ses deux molosses et on les entendait quelquefois galoper avec leur petit pois dans la tête. Quelquefois, un bruit de froissement montait des berges – des branches de saules plongeaient dans le fleuve et quelquefois le courant semblait s'affoler à leur contact.

C'était le bruit des conversations qu'il n'entendait plus. Son esprit vagabondait. Ils avaient vidé les quelques bouteilles nécessaires – un chianti, un chianti puissant. Voir les autres sans les entendre était la chose la plus agréable au monde – à moins d'être sourd, d'accord, mais on se comprenait. Il allongea ses jambes sur une chaise. Les propositions de l'avocat ne semblaient plus aussi inacceptables si l'on considérait la question sous l'angle de l'âge. Parvenu au milieu de son existence, se sentait-il assouvi ? C'était ça, la bonne question : se sentait-il *assouvi* ?

S'il voulait, il avait un bureau – leurs bureaux seraient communicants. S'il voulait, il pouvait *partager du pouvoir, participer aux décisions, servir la communauté.* Il ne savait pas. Il fallait voir. Mais il ne pouvait nier qu'un doux parfum de réhabilitation planait sur les hauteurs où pouvait l'élever son action à la mairie. En parallèle à son sauvetage prochainement réalisé par les Sexoliques anonymes. Les deux. La meilleure combinaison, et de loin. Passer du type méprisable au type respectable. *S'élever. Servir la communauté.* Il ne savait pas. Il y avait là quelque chose d'attirant, de mystérieux, comme une contrée envoûtante qu'il découvrirait.

Faire mieux que son père. Faire mieux que son père pesait absolument son poids dans cette affaire, et si un beau matin il finissait par accepter de siéger au côté de l'avocat, de se lancer dans l'aventure, faire mieux que son père pourrait se révéler avoir été la raison profonde et impérative de son ralliement à l'équipe – une moyenne d'âge de trente, trente-cinq ans, une bande de cerveaux qui bouillonnaient, une ville convalescente... ça, l'offre était tentante, bien sûr.

Une fois qu'il aurait étalé sa vie sexuelle devant un rassemblement de S.A. se donnant la main, un peu de considération par ailleurs ne serait pas de trop, songeait-il. S'il voulait éprouver un minimum de respect pour lui-même.

Cette notion-là. Cette notion de respect de soi-même. Il se demandait si ça coïncidait avec le retour d'Édith. Ça en avait tout l'air. En tout cas, voilà qu'il était en quête de respect de soi-même et tout ce qu'il souhaitait dire là-dessus tenait en un mot : amen. Non content d'avoir occupé son corps et ses bras, le sexe lui avait embrumé l'esprit durant vingt ans. Une paille. Des notions entières avaient sombré entre les jambes de ces femmes, des notions avaient été oubliées comme de vieux manuscrits abandonnés à la poussière. Voilà ce que l'on pouvait dire. Notions qu'il considérait aujourd'hui avec étonnement et qu'il ne rejetait pas a priori, même s'il s'en méfiait d'instinct. Alléluia ! aurait lancé ce chanteur canadien qui écrivait de si beaux livres.

La zone avait été démoustiquée, à la fin de l'été. Sans le traitement que la mairie avait déployé d'urgence – pulvérisations aériennes d'un nouveau produit sacrément efficace, mais un peu hors de prix – les bestioles auraient pullulé sur des kilomètres et une soirée telle que celle-ci, à la belle étoile, n'aurait pu être envisagée. En plus des chiens, Marc avait une sainte horreur des moustiques. Au cours d'une sortie à la campagne, dans le jardin des parents de

Catherine en voyage au Congo, des moustiques l'avaient dévoré vivant durant tout le temps où il avait astiqué celle-ci pour son anniversaire – plus une demi-douzaine d'autres qui passaient par là. Un de ses testicules avait doublé de volume. Le truc l'avait horriblement démangé, puis il y avait eu infection et là, il avait souffert le martyre, avalant des antidouleur et des antibiotiques par poignées pendant des semaines, pouvant à peine marcher.

Il en avait pleuré. Autant qu'il s'en souvenait, il n'avait plus jamais pratiqué le sexe en plein air. Cette pensée le fit sourire. Puis regardant Édith, il se demanda s'il allait avoir le cran de tout raconter aux Sexoliques anonymes. Allait-on l'interroger sur les détails ? Devrait-il ressortir tout ça ? Parler de la bataille à mort que les deux frères s'étaient honteusement et tragiquement livrée ?

Est-ce qu'Édith avait pensé à ça ? Est-ce qu'elle avait pensé à l'épreuve vers laquelle elle le poussait ? Il aurait aimé le savoir. Devait-il être puni pour ce qu'il avait fait, pour la vie qu'il avait menée ? *No, sir.* Il ne le croyait pas. Pas une seconde. Il n'avait cherché qu'à se mettre à l'abri. Il n'était coupable de rien d'autre. N'importe quel animal court se mettre à l'abri quand le toit se met à voler en mille morceaux – ou que la personne aimée refait surface après vingt ans –, n'importe quel animal *sensé*.

Un peu plus tard, elle se trouva près de lui. Elle ne se collait plus à lui comme au début, mais c'était compréhensible, l'idée n'était plus de déclencher quelque chose, au contraire, et dans cet esprit, garder ses distances – un simple centimètre suffisait – était le moins qu'elle pouvait faire. Il le comprenait très bien. Il s'efforçait de ne pas la baiser plus d'une fois par jour – et dans le même temps, il s'en voulait vraiment de penser à elle en ces termes.

Malgré tout, il appuya sa tête contre la hanche d'Édith qui eut la gentillesse de ne pas bondir de côté. Cela signifiait que la soirée l'avait satisfaite et que tout, peut-être, n'était pas irrémédiablement fichu – si l'on adoptait une attitude optimiste. Une solide érection ne se fit pas attendre mais il décida qu'il préférait mourir sur place plutôt que de tenter quoi que ce soit.

Elle lui passa une main dans les cheveux. Il se sentait à la torture mais ses épaules n'avaient pas encore touché le sol. David leur lança un œil ahuri tandis que derrière lui des oiseaux bleus, au poitrail orangé, fins comme des flèches, plongeaient verticalement dans le fleuve ou poussaient des sifflements aigus. Josianne et Irène riaient à une plaisanterie de Catherine Da Silva qui portait une curieuse tenue V. Westwood – tendance Marilyn Manson – couleur fuchsia. L'avocat passait des coups de téléphone, marchait en rond, courbé.

« Marc, je suis fière de toi, lui dit-elle. Je suis sincèrement heureuse que tu te sois décidé. Vraiment. Je sais que ce n'était pas facile.

— Eh bien, je suppose que c'est comme chez le dentiste : une fois qu'on y est, on y est.

— C'est très courageux de ta part. Je te suis vraiment reconnaissante. C'est vrai.

— Je sais ce qui est en jeu. Figure-toi que je sais ce qui est en jeu. Je ne te laisserai pas m'échapper une seconde fois, si possible. J'ai remarqué que ce n'était pas bon pour le cœur. Pour les nerfs non plus. »

Elle décida de s'asseoir près de lui. Elle lui prit la main.

« Il faut bien se soigner d'une manière ou d'une autre », fit-elle en haussant les épaules.

Puis il advint une chose étonnante, ce soir-là. Il advint qu'au mot près, au plus petit mot près, cette phrase fut prononcée dans l'heure qui suivait, au même endroit, et avec la même intonation lasse, un poil déchirante pour les âmes sensibles. Mais elle sortait cette fois de la bouche de Paul dont les dents le faisaient abominablement souffrir.

2.

Ce pauvre Paul. Ce pauvre connard de Paul. Marc avait mis un moment à comprendre ce qu'il voulait, tant sa requête semblait incroyable, démente, extravagante. Ce minable petit chantage. Débarquer au milieu de la nuit pour parler de ses dents, il fallait le faire.

Marc avait toujours su que Paul était d'une certaine engeance, dès la première année de lycée. Engeance mâtinée d'un réel manque de vergogne. Et il ne s'était pas trompé. La manière dont ce petit malin avait cueilli Édith lorsque tout avait valsé, dont il avait ramassé la mise tandis que les deux frères se réveillaient à l'hôpital, cette manière donnait un aperçu de l'esprit calculateur, perfide, de l'opportunisme, du penchant pour la trahison qui habitaient cette fripouille, ce fils de chien.

« Quoi ? Te refaire les dents à mes frais ? Est-ce que j'ai bien compris ? »

Une bousculade s'en était suivie en direction de la porte d'entrée cependant que Marc grognait *Hors de chez moi, espèce d'enfoiré* en saisissant l'autre à la gorge.

Il devait être plus d'une heure du matin. Paul avait roulé depuis la tombée de la nuit et ses joues étaient rouges, brûlantes. Il pensait à cinq ou six implants et deux bridges que ses maigres revenus lui interdisaient.

« Elles m'ont coûté de l'argent pendant vingt ans, tu t'en doutes bien. Essaye de considérer mon point de vue... » – la vermine ! – « ... j'estime que t'ayant restitué la mère et la fille... » Il avait exécuté un vol plané sur le trottoir. Évoquer le passé avait été une erreur.

Il pouvait s'estimer heureux. À l'époque, Marc parlait de le tuer s'il mettait la main sur lui et il aurait été assez fou pour le faire.

Édith était consternée. Tandis que Paul trébuchait sur le trottoir et se massait l'épaule, elle observait ce triste tableau et ne souhaitait pas émettre de commentaire. Trop déprimant.

« Il faut oser, non ? » fit Marc après avoir éteint les lumières du rez-de-chaussée, comme ils montaient un peu plus tard à leur chambre.

Le lendemain, Édith se leva tôt et tomba sur Paul au moment de sortir. Visiblement, il avait dû dormir dans sa voiture.

« Je me les suis gelées », marmonna-t-il en prenant un air sombre. On notait une légère brise. Indolemment dans son dos flottait l'allée déserte bordée de hauts platanes dont le feuillage frémissait dans la fraîche lumière du matin. Quelques types couraient. De fines plaques de brume glissaient au-dessus du fleuve comme s'il s'agissait d'une patinoire. Il y avait une odeur de champignons dans l'air.

Elle le suivit en ville et consentit à lui offrir un copieux petit déjeuner.

« Mais qu'est-ce qui te prend ? » reprit-elle après qu'une petite serveuse toute mignonne eut déposé devant lui des croissants, des œufs, des brioches, du bacon, du fromage, une orange pressée, des pancakes, du café, de l'aspirine, de la confiture, du beurre et des toasts – ça, c'était bien Paul d'avoir les yeux plus gros que le ventre, d'être à peine en état de manger mais de commander malgré tout une table entière de victuailles.

« Ce qui me prend ? » fit-il en passant sa commande en revue, dressant un sourcil devant les œufs et le bacon qui fumaient. Il avait choisi un bar où les petits pains valaient le prix d'un bifteck. Il attrapa un croissant, le rompit.

« Ce qui me prend ? Je vais te dire ce qui me prend. »

Il jeta un coup d'œil dehors, fronça les sourcils – le point positif de l'inondation était cette végétation luxuriante qui s'exposait au moindre carrefour, sur la moindre place, dans le plus reculé et abandonné des squares de la ville, sur le moindre terre-plein, le long des berges, dès qu'il se trouvait la moindre poignée de terre quelque part, dès que la moindre fleur avait envie de pousser, le moindre brin d'herbe, un phénomène à la fois agréable et écœurant.

Il grimaça en direction des massifs touffus et verdoyants qui gardaient l'entrée dans leurs portions de terre grasse, gorgée, avant de se tourner vers elle. « Elle ne veut plus de moi. Martine ne veut plus de moi, tu comprends ? » Il badigeonna son croissant de confiture. « Tu piges ? »

Il était hirsute, ses vêtements étaient froissés. Un voile aigre était tombé sur lui – il avait le genre de tête qu'il affichait autrefois lorsque ses scénarios revenaient par la poste, si jamais ils revenaient.

« Tu sais ce que ça vaut, un implant ? Tu sais pour combien je vais en avoir ? »

La serveuse était revenue pour demander si tout allait bien. Il l'ignora. « Je ne te demande pas ton avis sur ma relation avec elle. En échange, je t'épargnerai le mien concernant l'espèce d'hydrocéphale pour lequel tu m'as largué.

— Je regrette, mais nous avions un pacte. Ne joue pas à l'imbécile. Ne fais pas semblant de tomber des nues.

— Non, mais tu l'as vu ? Il ne s'est pas arrangé, l'animal. Ce qui est encore plus humiliant pour moi.

— Non, mais est-ce que tu te rends compte ? Tu as osé faire ça. Tu en es arrivé là.

— C'est quoi ? C'est un concours de moralité ? »

Il déclara qu'il faisait abcès sur abcès. Qu'il n'avait rien à foutre de ce qu'elle pensait. Qu'un matin Martine s'était réveillée et se tournant vers lui avait fait la grimace. Ces fichues dents lui donnaient une haleine de chien et résultat, Martine ne voulait plus qu'il la touche tant qu'un dentiste n'aurait pas arrangé ça. « Je mérite une compensation, déclara-t-il. Je ne vais pas lui laisser mon ex-femme pour rien. Vous êtes marrants. Peut-être que tu ne vois pas le préjudice ?

— Tu l'avais accepté. Les vingt dernières années de ta vie ont été des vacances, ne dis pas le contraire.

— Je n'en connais pas beaucoup qui agiraient autrement, à ma place. Dis-toi une chose. Dis-toi que si j'avais une autre solution, je ne serais pas là. J'ai connu des moments plus agréables dans ma vie. Je ne fais pas ça *par plaisir*, d'accord ? »

Il s'empara des pancakes, les posa devant lui et les nappa de sirop de maïs. « Financièrement, Martine est un poids, soupira-t-il. Elle mange comme dix. »

Il se tut et fronça les sourcils. « Qu'est-ce qu'il y a ?

— Je te regarde.

— Je vois bien que tu me regardes. Quoi ?

— Je te mémorise. Je te photographie. Appelle ça comme tu voudras. Je vais garder cette image de toi. Absolument. Je te vois tel que tu es. Ne bouge pas. Tu es parfait. »

Elle alluma une cigarette et fuma en regardant dehors – seuls quelques établissements haut de gamme avaient obtenu une dérogation – tandis que Paul attaquait ses œufs au bacon comme s'il n'avait rien avalé depuis des jours.

« Il ne te donnera pas un sou, tu sais, reprit-elle. N'y compte pas.

— Je sais qu'il te fait de l'effet. Je n'en doute pas. Mais ne le crois pas si fort que ça. Qu'il ne me donne pas l'occasion de te le prouver. Pour vous deux. C'est mieux pour vous deux.

— Tu es lamentable. Nous avons vécu toutes ces années ensemble, mais tu restes un étranger pour moi. C'est stupéfiant.

— Écoute. Si tu abordes ce sujet, nous sommes

encore là ce soir. Je ne dis pas que nous ne finirons pas par en débattre un jour, mais ce que je souhaite pour le moment, la seule chose qui m'intéresse, c'est de savoir si tu vas me faire un chèque.

— Je n'ai pas cet argent. Et ça me semble cher pour un dentier.

— Un dentier ? Qui t'a parlé d'un dentier ? D'un truc qu'on enlève le soir et qu'on met dans un verre ? Tu es sérieuse ? » – Il lui flanqua une gifle. « Arrête de déconner. Je n'ai plus envie de rire. J'ai mal, tel que tu me vois. Je souffre. J'ai perdu de l'os. Je ne peux plus baiser ma petite amie. Méfie-toi. » Il observa un instant la joue d'Édith qui rosissait – bien qu'ayant accusé le coup, celle-ci n'avait pas bronché. « Okay ? » fit-il.

Avec sa fourchette, il entailla le petit monticule de pancakes.

« Je peux accepter un paiement en plusieurs fois. Pas en trente-six fois, bien sûr. Je ne suis pas un monstre. »

Malgré l'heure, Édith commanda une eau-de-vie.

« Ça ne va pas être facile, dit-elle.

— Le problème n'est pas de savoir si ça va être facile, figure-toi. Je souffre depuis des mois, fit-il en pointant sa bouche de l'index. Il m'est arrivé de rêver que je prenais un marteau et brisais cette maudite mâchoire pendant que tu te la coulais douce. Alors, facile ou pas, fais-le. Ne te pose pas de question. J'ai rendez-vous demain. On fera un premier bilan. On discutera du premier versement. »

Il secoua la salière à son oreille.

« Il s'en apercevra, dit-elle. Il finira par s'en apercevoir.

— Débrouille-toi, attends, tes problèmes avec l'autre, tu comptes sur moi pour les résoudre ? Tu crois que je me *soucie* de vos histoires ? Tu crois que ça *m'effleure,* vos histoires ? »

Elle baissa les yeux. Rentier, sans doute Paul aurait-il été fréquentable, mais ce n'était pas le cas. Le besoin d'argent mettait en avant ses plus mauvais côtés et l'homme qu'elle avait devant elle ne plaisantait pas. Sa joue la cuisait. Elle allait devoir trouver l'argent. Tout ce qu'elle gagnait allait y passer. Sans que Marc découvre le pot aux roses, de préférence. S'il apprenait qu'elle avait cédé, comment allait-il le prendre ?

Elle en voulait à Paul de l'infantiliser avec les menaces qu'il faisait planer. Le couple qu'elle formait avec Marc pouvait souffrir de l'intervention d'un type malveillant et Paul était devenu un type malveillant – dont il fallait se méfier. Paul en savait beaucoup trop.

Le couple qu'elle formait avec Marc, songea-t-elle en marchant vers le siège de *City*. Ce couple-là. Quelle drôle de chose, au fond. Quel amalgame de sentiments contradictoires, de joies et de déceptions. Mais s'il n'y avait ce problème d'addiction sexuelle, si l'on oubliait ça une minute, n'était-ce pas trop beau, finalement ? N'était-ce pas comme un léger miracle ? Nombre de difficultés n'étaient-elles pas aplanies ou en bonne voie de l'être avec leur entourage ? Ne sentait-elle pas quelque chose vibrer en elle – lorsqu'elle l'observait en caleçon, détendu, endormi ?

Bien sûr que c'était trop beau. Il n'était pas nécessaire de réfléchir très longtemps pour aboutir à cette conclusion. Cette fois, elle s'en était parfaitement bien tirée – Blaine lui-même avait fini par le reconnaître. Tandis qu'elle se pressait vers son bureau – Catherine était *tellement lourde* avec l'heure, dans le travail –, elle plissa les yeux sous l'éclat du soleil levant qui rougissait dans le lointain comme un radiateur électrique. Elle prit une profonde inspiration de cette matinée au parfum automnal dans laquelle une lumière rouge se déversait comme d'une barrique éventrée. Elle remportait une belle victoire, non ? Cette fois, elle n'avait pas tergiversé. Et elle avait eu, au cours de ces derniers mois, de multiples occasions de se féliciter pour les progrès décisifs qu'elle avait accomplis dans différents domaines. C'était ce qui s'appelait prendre les choses en main, non ? Elle se félicitait.

Marc allait guérir. D'ailleurs, ce n'était pas une maladie. Elle refusait d'employer ce mot et Marc lui en était reconnaissant. Ce couple qu'ils formaient, songeait-elle encore dans l'ascenseur. Pas mal du tout, ce couple qu'ils formaient. Une fois guéri, Marc ne serait pas loin de ce qu'elle avait imaginé durant toutes ces années – lorsqu'elle pensait à Marc plutôt qu'à David, alternant selon l'humeur. Toutes les femmes posaient les yeux sur lui – et posaient ensuite sur elle un œil d'où jaillissait un éclair de pure jalousie. Elle n'était pas revenue pour rien. La vie qu'elle menait lui plaisait. Son travail lui plaisait. Marc avait insisté pour l'épouser un nombre de fois tout à fait suffisant, si bien qu'elle allait sans doute donner suite à sa requête, *lui dire oui je consens à t'épouser,* et elle souriait à cette pensée, n'accordant qu'une vague attention aux numéros des étages qui défilaient.

Elle avait une photo de Marc sur son bureau, chose qu'elle assumait parfaitement. Dans un joli cadre. L'avoir ainsi sous les yeux durant une bonne partie de la journée ne lui pesait pas un instant. Elle aimait le regard de cet homme. Un moment, elle avait cru s'être trompée, que le bon était David et elle avait eu des insomnies. Elle s'en était voulu de jouer à ça. Ce petit jeu hautement puéril.

Marc était le bon. Marc était l'Élu. Jour après jour, cette certitude s'était enracinée au plus profond d'elle-même. En douter aujourd'hui ne lui arrachait plus qu'un sourire en coin. Elle avait également la photo de Sonia sous les yeux. Dans un autre cadre. Catherine Da Silva avait soupiré devant ça – qu'elle considérait comme une marque de soumission, de dépendance – et certaines filles dans son dos avaient pouffé à la vue de ce truc complètement *déplacé*, de cette sensiblerie d'un autre âge, mais ça n'avait eu strictement aucune espèce d'importance pour Édith. Elle avait même une bombe et un chiffon spécial antistatique dans le premier tiroir de droite et elle n'hésitait pas à s'en servir, de manière ostensible. La liberté ne représentait plus la quête ultime. La liberté ne déclenchait plus le même enthousiasme qu'autrefois, soyons honnêtes.

Blaine n'avait pas modifié la quantité de lithium qu'elle prenait et c'était bon signe car elle demeurait ainsi dans la zone des doses acceptables – après quoi on est carbonisé. Marc y était pour quelque chose. En rêve, elle se voyait sortir du trou d'un lac gelé, d'une eau noire et glacée grâce à la main que lui tendait cet homme. Marc y était pour beaucoup. Blaine convenait qu'il constituait un bon point d'ancrage. Ainsi, elle estimait que Marc méritait amplement sa place sur le bureau. De même que leur fille.

Elle envoya une jeune stagiaire – ces pauvres filles se faisaient proprement exploiter mais elles auraient vendu père et mère pour continuer à vaquer dans les couloirs de *City* – lui chercher le café qu'elle n'avait pu avaler avec cet infâme Paul devant elle, cette crapule.

Lorsqu'elle leva les yeux, elle aperçut Victor Sollens qui s'agitait au bout du couloir, avec les filles de la réception.

Le vieil homme était tellement habitué à ce que toutes les portes s'ouvrent devant lui qu'au moindre signe de résistance il s'emportait – il était connu pour avoir donné quelques bons coups de pied dans des portes d'ascenseur et proféré des menaces à l'encontre d'une malheureuse réceptionniste qui ne rêvait plus que de changer de boulot.

Il commençait à taper du plat de la main sur le comptoir, faisant trembler un vase et sauter un stylo. Cette famille, c'était quand même quelque chose, se disait Édith, tandis que Victor donnait de la voix et s'apprêtait à en venir aux mains avec trois filles en tailleur, mais d'allure sportive, à l'air déterminé. Elle hésita. Elle avait la possibilité de plonger sous son bureau puis de filer sans se préoccuper de la suite.

Elle arriva sur les lieux au moment où les filles

entamaient un processus musclé – il était parvenu à les mettre à bout – conduisant à jeter le vieil homme dehors. Victor Sollens avait le visage rouge de colère – vieillir le terrifiait : il s'en était fallu d'un cheveu que trois filles nubiles ne lui flanquent une volée, ne le fassent sortir *manu militari* du journal, trois filles dont la somme des âges n'atteignait même pas le sien, soixante et onze ans, quelle infamie, se disait-il.

« Ah ! Grâce au Ciel ! Te voilà ! s'exclama-t-il.

— Victor ? En voilà, des façons. »

Puis elle retourna dans son bureau pour prendre son sac et ils descendirent ensemble. Elle posa de nouveau les yeux sur les numéros des étages qui cette fois défilaient à l'envers.

« Je ne suis pas censée occuper mes heures de bureau à résoudre des questions d'ordre privé », déclara-t-elle à mi-chemin. Il fit signe qu'il n'en avait cure.

Elle hocha la tête. Il avait de la chance d'être son quasi-beau-père – et père de Marc et grand-père de Sonia. Elle monta dans son Aston Martin. « Ne conduisez pas trop vite. Sinon je descends », fit-elle tandis qu'ils traversaient le fleuve en empruntant la file de gauche.

« Il faut que tu arrêtes ça, lâcha-t-il d'une voix qui tremblait à force d'être contenue. Tu es la seule qu'il écoutera. C'est une machine infernale. Une véritable machine infernale. Il ne peut pas me faire ça, nom de Dieu. »

Il serra le volant, fixa un point droit devant lui en fronçant les sourcils.

« J'ai bien peur que si, Victor, j'ai bien peur que

si, vous savez. En quel honneur vous aurait-il pardonné ? Avez-vous pris son parti lorsque vous le pouviez ? Aviez-vous choisi son camp ?

— Je suis un vieil homme, lança-t-il soudain d'une voix étranglée. Est-ce que tu cherches à m'emmerder ? »

Malgré sa légendaire tenue de route, l'Aston Martin fit un léger écart.

Il n'était pas question, pour Marc, de fléchir. Victor Sollens allait plonger avec les autres. Marc n'était même pas sûr que, si son père faisait le trajet à genoux et implorait le pardon de ses fils, pardon pour son ignoble comportement d'enfoiré, son attitude à lui, Marc, changeât vis-à-vis du bougre, fût-ce d'un iota. Il n'était pas question de se laisser attendrir par un type qui avait quitté sa femme et trompé ses fils, ce truc dostoïevskien, balzacien, shakespearien à mort.

« C'est ce que je lui ai dit. Je lui ai dit, Victor, regardez-moi dans les yeux. Victor, regardez-moi bien dans les yeux. Et dites-moi quelque chose qui les attendrirait, quelque chose qui jouerait en votre faveur. Aidez-moi.

— Il a réinvesti la maison. Il dort sous un toit. Ça ne lui suffit pas ? Certaines personnes ruinées finissent dans la rue. Qu'il ne vienne pas se plaindre. Pourquoi ne se pend-il pas une seconde fois – qu'on en finisse ? Irène est trop gentille. Beaucoup trop gentille. Elle est bien bête, voilà mon sentiment. »

D'un œil, il surveillait la mise en place de la nouvelle S65 A.m.g gris perle dans la vitrine centrale –

sur une sorte de tremplin illuminé. Des techniciens Mercedes étaient descendus tout droit de Stuttgart et personne ne comprenait rien à ce qu'ils disaient et ce qui aurait dû prendre une heure en prenait dix. Herman, le chef d'atelier, était au bord de la crise de nerfs et David passait son temps à le prendre à part pour le calmer.

Le soir tombait. L'air était encore chaud. Le ciel devenait violacé au-dessus du garage, miroitait de flammèches dorées. Il y eut un moment un peu tendu lorsqu'une roue faillit sortir dans le vide, des jurons fusèrent en différentes langues tandis que chacun se précipitait, mais très vite l'incident connut un dénouement heureux. Marc se tourna vers Édith et reprit : « Pour moi, il les représente. Il représente ces types contre lesquels nous nous sommes battus. Il en faisait partie. Alors tant pis pour lui, okay ? Mon père faisait partie de ces salauds, okay ? »

Marc était resté profondément critique vis-à-vis de son père. La fréquentation plus assidue de l'avocat, les longs moments qu'ils avaient passés ensemble à discuter, à échanger des idées, à mettre différentes choses au point, à établir différentes stratégies, et cetera, n'avait pas arrondi les angles. Vincent Delborde avait démontré que l'équipe sortante était mouillée jusqu'au cou – et Victor Sollens faisait partie de ceux qui s'étaient enrichis à son contact. Et l'avocat ne se montrait pas tendre avec lui. Vincent était un gay assez brutal. Non que Marc eût jamais conçu quelque bonne opinion de son père, c'était clair, mais la fréquentation régulière de l'avocat, la relative estime qu'ils se portaient l'un à l'autre avaient raidi sa position.

Il faudrait que Victor se traîne *sacrément* à ses pieds avant qu'il ne se passe quelque chose. Autrement qu'il ne l'avait fait jusque-là. « Je ne sais pas si je suis dur. Tu as peut-être raison. Si c'est ça, être dur, alors je suis dur. En tout cas, je trouve un peu fort qu'il vienne te pleurer dans les jupes. Décidément, il tombe de plus en plus bas. Attends, ce type est le plus grand comédien que je connaisse.

— Je suis d'accord pour que les parents puissent bénéficier d'un statut spécial.

— Bigre ! j'en connais une qui a mis de l'eau dans son vin. Je rêve ou quoi ?

— Je commence à voir par où le chemin est éclairé. Certaines choses blessent moins que d'autres, non ? »

David était moins catégorique. Elle avait cependant senti qu'il était prêt à rallier le camp des partisans de la clémence afin de ne pas lui déplaire, et non par conviction. Visiblement, il s'en fichait, pour une bonne part. Regarder son père se traîner à ses pieds l'aurait sans doute parfaitement ennuyé – de même que les relations qu'il entretenait avec sa mère s'avéraient bien moins opaques que celles de Marc. Cela dit, plonger Victor dans une situation financière impossible ne lui causait aucun souci majeur.

« Ce n'est pas parce que Marc refuse de lui pardonner que tu dois faire la même chose.

— Écoute-moi bien. Je te laisse penser ce que tu veux. Ton avis n'a plus tellement d'importance aujourd'hui. »

Elle demeura quelques secondes silencieuse. Puis d'un coup d'œil, elle s'assura qu'on ne pouvait les entendre – Marc discutait de l'autre côté avec les vendeurs qui étaient restés pour donner un coup de main, de parfaits lèche-culs, entre parenthèses, et de l'avis général.

La réflexion de David l'avait prise au dépourvu et elle le considéra avec une certaine stupeur. « Pourquoi me dis-tu ça ? demanda-t-elle. Pourquoi mon avis n'a-t-il plus d'importance ? Que se passe-t-il, David ? Qu'est-ce que ça signifie ? Qu'est-ce que j'ai fait ?

— Rien. Tu n'as rien fait. Je sais que tu l'as toujours pensé.

— Jamais de la vie. Je n'ai jamais pensé ça.

— Tu l'as pensé et tu le penses encore aujourd'hui. C'est très agréable.

— Ne détourne pas la conversation. Dis-moi pourquoi, David. Pourquoi mon avis n'a-t-il plus d'importance ? Je ne suis plus ton amie ?

— Okay. Parlons d'autre chose. Tout va bien.

— Je n'ai jamais pensé que tu étais inférieur à Marc, de quelque manière que ce soit. Tu m'as comprise ? J'aurais préféré, cela dit. Les choses auraient été plus simples.

— Attends, je te résume : je suis marié, tu vis avec mon frère. Tu ne dois pas t'étonner si ton avis compte moins pour moi. C'est normal. Ce n'est plus comme autrefois. N'importe qui peut le comprendre. Je ne sais pas, ça semble logique. Que ton avis m'intéresse moins, c'est logique.

— Qu'est-ce que tu as ? Tu as mangé du chien enragé ? »

Il n'aurait pas su le dire. Il traversait effectivement une phase effervescente qu'il ne s'expliquait pas réellement. Il avait les nerfs à fleur de peau et s'il n'avait eu la course à pied pour s'épuiser, pour brûler de l'énergie, il n'aurait pu établir le genre d'équilibre qu'il maintenait au moyen d'un terrible effort de volonté et qui lui permettait de rester socialement acceptable.

Il courait le matin, à l'aube. À présent, il courait également le soir. Josianne allait nager sur la terrasse. Pour avoir des relations sexuelles, ils devaient se rencontrer dans la journée et ce n'était pas toujours commode. Josianne se sentait un peu dépitée. Il n'avait pas d'alternative, quant à lui. Son travail le mettait en relation avec les autres et il devait enfoncer son humeur au fond de sa poche. Il devait être capable de vendre une voiture à un retraité un peu sourdingue accompagné de son insupportable femme à barbe.

La tâche n'était pas si aisée – d'autant que des problèmes de constipation se greffaient, dégradant assurément son humeur, et toutes les poudres, toutes les recettes que Marga Damanti mettait en œuvre – il avait eu droit à ses incroyables fumigations en provenance du Haut Tibet – ne venaient pas à bout de la tension qui l'habitait.

« Très bien, dit-il. Excuse-moi. Avant, c'était Marc qui était nerveux. Maintenant c'est moi. Nous avons inversé les rôles. Écoute, je n'ai pas voulu être déplaisant. Je te prie de me pardonner. Regarde-le. Ce con est d'un calme olympien.

— Mais toi, qu'est-ce qui ne va pas ?

— Moi qu'est-ce qui ne va pas ? Moi qu'est-ce qui ne va pas ? » Il inspecta les environs en réfléchissant. « Sincèrement, je ne vois pas de quoi tu veux parler. J'ai l'air de pas aller ?

— Tu ne te vois pas ? Tu es tellement tendu. Enfin, David, tu es tellement tendu.

— C'est possible. Mais ce n'est pas quelque chose qu'on peut régler en tournant un bouton, figure-toi. Je ne peux pas y faire grand-chose. Dans ce contexte. »

Ce n'était ni le lieu ni le moment pour ce genre de discussion. Ils en étaient conscients. Ils se contentèrent d'échanger un regard.

Il n'y avait pas moyen de faire autrement. Pas moyen d'y couper. Tout le monde savait qu'on ne pouvait pas tirer une croix sur certaines choses et qu'il ne fallait pas demander à deux anciens amants de faire comme si tout était réglé – Marc lui-même, sachant qu'on ne pouvait y remédier, qu'on y aurait perdu son temps, acceptait le climat particulier qui régnait entre Édith et son frère.

Il ne serait venu à l'idée de personne d'affirmer que tout était réglé. Josianne s'en agaçait quelquefois, tentant d'évaluer leur degré d'intimité. Jusqu'au moment où Marc lui avait certifié qu'il n'y avait rien à craindre, que les deux jouaient à une espèce de jeu un peu bête mais sans conséquences.

« Enfin, j'en reviens à ton père, déclara Édith tandis qu'on déployait des échelles et procédait au réglage des projecteurs braqués sur l'étonnante limousine – aux lignes repues. Je voulais simplement m'assurer que ta position ne s'était pas *automatiquement* calquée sur celle de Marc. Je voulais en être sûre.

— Tu veux le défendre ? Qui a envie de le défendre ? Après tous les tours qu'il nous a joués.

— Non, bien sûr. D'ailleurs, je l'ai regardé dans les yeux et je lui ai dit Victor, dites-moi une chose qui aurait une chance de les attendrir. Aidez-moi. »

Ils quittèrent le garage à la nuit tombée. Marc et Édith se dévouèrent pour emmener dîner les types de Stuttgart qui voulaient commencer par boire une bière en vitesse. David fila sans demander son reste, et dans la direction opposée. Échapper à la corvée qui attendait Marc rendait la vie un peu plus douce, non ?

Il s'installa plus tard à la table de la cuisine et Marga se mit à tourner autour de lui avec des brindilles enflammées. Lorsqu'elles s'éteignirent, elles commencèrent à dégager une épaisse fumée au goût amer, censée détenir des pouvoirs, de même que les paroles qu'elle récitait à voix basse.

David se pliait à ces rites depuis un bon moment, à demi convaincu, mais Sonia était persuadée que les progrès de Joël provenaient de là. Pourquoi pas ? Qui croyait encore à la supériorité de la médecine occidentale ? Il en était à sa douzième séance. Lorsqu'il rentrait, Josianne se pinçait le nez et lui demandait s'il venait de participer à un feu de camp en forêt.

Il ne se sentait pas mieux après, mais au moins, ça ne le rendait pas malade – et le fait que Marga inhalât elle-même ses propres herbes le rassurait. Au pire, il pleurait un peu ou était pris d'une quinte de toux. Mais en général, Sonia et Odile avaient préparé du thé ou des rafraîchissements dans le jardin, si bien que ça allait.

« Vous êtes moins pâle. Je vous trouve moins pâle », lui dit Marga.

Il fit signe qu'il se sentait bien avant de disparaître dans un nuage de fumée âcre.

Dans un premier temps, on avait l'impression de suffoquer, puis la gêne respiratoire se dissipait et il ne restait plus qu'à attendre.

Marga était une femme assez jolie, ordinairement chaussée de talons aiguilles, et Sonia ne voulait pas croire qu'il n'était pas tenté, qu'il ne cherchait pas à profiter du parfait brouillard qui s'étalait dans la cuisine à chaque fumigation.

Elle disait ça pour plaisanter. Elle prenait du plaisir à le mettre en boîte. Joël ricanait derrière son jeu de cartes et Odile en rajoutait, comme à son habitude. « Dis donc la vérité, le raillait-elle. Ne sois pas hypocrite, mon vieux. »

Il appréciait ça, de passer un moment avec eux. Les petites moqueries dont il était l'objet ne présentaient pas un si lourd tribut à payer. Il arrivait même parfois qu'Odile lui adressât une parole aimable et que Joël fût assoupi dans son fauteuil. Ou qu'il mît lui-même la machine en marche en affirmant, dès que Marga était partie, qu'il lui semblait qu'elle l'avait effleuré d'un sein, ha, ha, ha. Ça les amusait.

Pour autant, il ne fallait pas oublier qu'il était marié, précisait-il en souriant benoîtement – et cet étonnement, toujours cet étonnement vis-à-vis de lui-même lorsqu'il déclarait qu'il était marié.

Il s'était fait avoir en beauté avec cette histoire qu'il l'avait mise enceinte. Cette histoire d'inéluctable et proche paternité l'avait pétrifié. Il en souriait tristement, aujourd'hui. En y réfléchissant, il avait estimé qu'il l'aurait épousée sans qu'il fût nécessaire qu'on lui jouât cette comédie. Donc, mieux valait en rire. Le spectacle de ce qu'ils vivaient aujourd'hui était navrant.

Il avait cherché avec qui en parler. Ça n'avait pas été facile. Il y avait un monde entre Sonia et lui – de quelque manière qu'on s'y prenait.

Elle ne lui avait pas donné tort. Elle avait déclaré que Josianne avait agi d'une façon dégueulasse, elle ne trouvait pas d'autre mot.

« Oui, mais d'un autre côté, avait-il répliqué, mets-toi à sa place. Elle est en deuil, harcelée par son fou furieux de mari, et elle ne souhaite qu'une chose : une vie meilleure. Où est le mal ? Est-ce que toi ou moi nous n'en aurions pas fait autant, réponds-moi franchement.

— Non, jamais de la vie. Je n'aurais jamais fait une chose pareille. Pour qui tu me prends ? »

Il appela Josianne pour la prévenir qu'il restait un peu car Joël avait une furieuse envie de jouer aux cartes.

« D'accord, dit-elle. Essaye de ne pas me réveiller en rentrant. Surtout, n'allume aucune lumière.

— Aucune lumière, tu veux rire. Aucune lumière ? Même dans la salle de bains ?

— Hin hin.

— *Même dans la salle de bains ?* Alors comment je fais ?

— Je ne sais pas comment tu fais. J'en ai pas la moindre idée, David. Demain, je me lève tôt.

— Il faudra que je prenne une douche. Tu le sais bien. Je suis trempé de sueur quand je reviens. Comment je fais si je ne peux même pas m'éclairer un minimum. Sois un peu raisonnable. Pourquoi ne lis-tu pas en attendant ? Je ne serai pas long.

— David, je suis couchée et j'essaye de dormir.

— Nous avons déjà parlé de ces heures supplémentaires. Tu n'as pas *besoin* de faire ces heures supplémentaires. Résultat, tu es claquée.

— Je préfère être occupée. Je préfère ne pas penser à certaines choses. Ça doit être ça. Tu as de la chance, toi, si tu n'as pas besoin d'argent.

— Bon, nous n'allons pas reparler de ça maintenant. Joël s'impatiente. Écoute, je vais voir si Sonia ne peut pas me prêter une lampe électrique. Est-ce que ça ne ferait pas l'affaire ? »

Joël avait distribué les cartes. David referma son téléphone et se tourna vers Sonia. « Je sais simplement une chose, déclara-t-il. C'est que nous payons le prix fort pour ce mensonge, elle et moi. Comme tu peux t'en rendre compte.

— Tu sais que j'aime bien Josianne. Je crois qu'elle a des tonnes de qualités. Mais ça, oublie. Oublie. Là, c'est un vrai coup bas, je suis désolée.

— De quoi tu te mêles ? maugréa Joël. On est en train de jouer aux cartes. »

L'ignorant, David se pencha sur sa nièce : « Bien

sûr que c'est un coup bas. Je ne vais pas te dire le contraire. Et le problème est de savoir si l'on peut vivre avec ça. Est-ce que nous allons tenir ? Est-ce que nous allons pouvoir continuer ensemble ?

— Ça veut dire quoi ? Que la fin justifie les moyens. Qu'un tel mensonge était justifié. C'est ce que ça veut dire ? Non non non non non, désolée. Je ne marche pas.

— D'un point de vue moral, c'est ta position qui est la bonne. Nous nous comprenons parfaitement bien, toi et moi. Laisse-moi te dire que c'est appréciable. »

Elle lui apportait un réel réconfort. Grâce à Sonia, il avait l'impression de se recevoir sur un matelas de plume au terme d'une lourde chute – dont l'origine demeurait imprécise. Il s'enfonçait dans un univers doux, roulait sur des épaisseurs de duvet, le regard tourné vers le ciel. Heureusement qu'elle était là, se disait-il. Heureusement qu'il trouvait quelqu'un à qui parler – *et qui semblait le comprendre.*

Josianne avait salement déconné – pardon pour le langage. Confirmation lui était donnée. S'il lui arrivait parfois d'hésiter, d'invoquer pour celle-ci des circonstances atténuantes, le jugement de Sonia le confortait dans sa pensée profonde, à savoir que Josianne avait salement déconné.

Il hocha la tête, acquiesça, opina du bonnet. Il tenait son jeu sans le regarder. La nuit claire éclairait brillamment le jardin. Il la dévisagea un instant. On ne distinguait pas, à proprement parler, de réelle ressemblance avec sa mère – si ce n'était que Sonia avait l'âge d'Édith à l'époque et que cela provoquait des flashs dans son cerveau.

Joël balança brutalement, dans un pur geste de colère, le jeu à la figure de Sonia qui poussa un cri. Les cartes volèrent dans tous les sens après l'avoir frappée en pleine face.

Un vrai chien enragé, quand il s'y mettait. David empoigna ses accoudoirs mais elle l'arrêta d'un geste. Son nez luisait. Sans attendre, sourdement renfrogné, Joël manœuvra son fauteuil et fonça vers la maison à la force du poignet.

« Il faut que je te dise une chose, fit David en se penchant vers elle. Il faut que tu saches que je ne pourrai pas toujours me contrôler. N'y compte pas. D'accord ? Maintenant c'est quoi, ces types en chaise roulante, je suis frappé d'une malédiction ou quoi ?

— C'est vrai que tu n'as pas peur de les tabasser, déclara Odile après avoir suivi Joël des yeux.

— C'est vrai. J'avoue. J'aime les prendre et les flanquer par terre et les regarder ramper. Pas toi ? »

Elle ricana. Ils entendirent des objets qui tombaient dans la cuisine, des portes de placard, des tiroirs qui claquaient. Joël mordait la main qu'on lui tendait, une attitude que l'on pouvait comprendre mais dont on ne souhaitait pas faire les frais, pour rien au monde.

David grimaça. Mais courir le remettait d'aplomb, courir permettait le retour à la vie réelle tandis que les poumons brûlaient comme des buissons archisecs. Il courait durant une heure, qu'il pleuve ou qu'il vente, avant d'aller se mettre au lit.

Sauf qu'à présent, il ne pouvait plus se servir de la lumière. Mais enfin, il était chez lui, il pouvait tendre les mains pour sentir les cloisons. Et ensuite, une fois couché, Josianne tendait son postérieur contre lui avant qu'il ne sombre dans un rêve.

3.

Le fameux jour venu, Marc passa trois fois devant l'adresse des Sexoliques anonymes avant de se décider à les rejoindre. Il se sentait nerveux. La salle où ils étaient installés en cercle, sur des chaises pliantes, ne disposait que d'une simple lampe et d'une seule fenêtre, et l'homme qui organisait la séance lui fit signe de se lever et de se présenter.

La séance dura un long moment. Sur la douzaine de participants, les femmes constituaient la majorité – car les hommes rechignaient, disait-on, à se confesser en public –, et leur raconter ses aventures d'obsédé sexuel, être fixé par huit paires d'yeux féminins tandis qu'on parlait orgies et insatiété n'avait rien d'agréable.

Au cours d'une pause, une petite brune à lunettes lui proposa un rendez-vous dans les toilettes, si bien que par la suite il se détendit, comprenant qu'ils étaient tous logés à la même enseigne.

Le danger était alors de s'envoyer toutes ces femmes qui avaient le feu au derrière, bien sûr. Bien sûr. C'était comme d'enfermer un ours dans une ruche, au rayon du miel. À la base, tout le truc reposait sur une absurdité complète qui consistait à mettre des sexoliques *ensemble* pour les soigner.

Mais enfin bref, quoi qu'il en soit, il leur raconta en détail le genre de vie qu'il avait mené jusqu'au retour d'Édith, et la dégringolade depuis, les prostituées, les étrangères, les masturbations quotidiennes et impérieuses en sus d'une activité sexuelle satisfaisante à tous points de vue avec celle-ci. Le tableau n'était pas brillant. Il pouvait fort bien en sortir plus amoché qu'il ne l'aurait cru.

Il y avait là une métisse qui portait un pantalon en latex et dont le bout des seins pointait sous un tee-shirt proclamant son amour pour Copenhague. Marc était incapable de poser les yeux sur elle plus de quelques maudites secondes.

Il prit l'engagement de suivre le programme des Douze Étapes et des Douze Traditions dont le premier point s'énonçait ainsi : *Nous avons admis que nous étions impuissants devant la luxure, que nous avions perdu la maîtrise de nos vies.* L'organisateur, un rouquin en chemisette, barbichu, couvert de taches de rousseur, proposa d'applaudir sur-le-champ ce nouveau frère qu'on sentait particulièrement motivé. De l'autre côté de la rue, les façades étaient grises. Il avait plu. Le ciel était resté sombre de sorte que l'ampoule brillait au-dessus des S.A., bien avant que le soir lui-même ne tombât.

Plus tard, il retrouva Édith et ils allèrent au cinéma où il se tint tranquille durant toute la séance – malgré la présence de Scarlett Johansson à l'écran.

Dans un premier temps, il importait de faire

preuve de bonne volonté. De fournir le maximum de gages du profond désir d'en finir avec le problème qui était le sien. Il n'allait pas le résoudre en un jour.

C'était un sale tour que le sort lui jouait. Il n'était pas inutile de le répéter. Un prix que certes, il devait sans doute payer, mais un prix très lourd. N'avait-il pas choisi le seul moyen de survivre durant toutes ces années ? Devait-il payer pour ça ?

Lorsqu'ils rentrèrent, le vent soufflait, des feuilles tournoyaient dans l'air. Édith monta directement tandis qu'il fonçait dans le jardin pour replier le parasol de six mètres carrés qui menaçait de s'envoler en emportant la table. Le vent était tiède.

Il s'engouffrait sous la toile qui claquait dans tous les sens. En temps normal, il n'aurait pas été contre un coup de main.

« Nom de Dieu ! Qu'est-ce que tu fais là ? »

Il venait de faire un bond. Découvrant qui ? Découvrant son père qui une seconde plus tôt l'avait aidé à maîtriser le parasol. Il sentit sa mâchoire se décrocher, littéralement. *Découvrant son père dans son jardin au beau milieu de la nuit, lui apportant son aide.* De la pure science-fiction.

« Je t'attendais.

— *Hein ? Quoi ?* »

Il commença par s'étrangler. Toussa. Puis, faisant un formidable effort sur lui-même, il ravala ses râles et s'employa à nouer les ganses du parasol en regardant ailleurs. Au loin, de l'autre côté du fleuve, la ville scintillait sous un ciel bleu foncé, aux nervures dorées, tandis que les orages s'éloignaient et grondaient au loin. Le vent soufflait dans le sens opposé au courant, de sorte que le fleuve semblait frissonner – le sommet des vaguelettes était pulvérisé dans l'air et formait une sorte de voile laiteux qui flottait comme un ectoplasme.

Les cheveux blancs de Victor étaient dressés sur sa tête. Sa cravate flottait à son cou comme les rênes d'un attelage en furie.

« Quoi ? Ce n'est que moi. Ne fais pas cette tête, fit-il. Arrête avec ça. Il faut que je te parle. »

Marc lui glissa un sombre coup d'œil. Le vent, qui soufflait par bourrasques, tomba un peu, mais la tension entre les deux hommes n'en diminua pas pour autant.

« Réponds-moi. Je suis ton père. »

Marc consentit à lever les yeux sur celui-ci. « Mon père ? Je n'ai plus de père.

— Ah. Celle-là, je l'attendais. Je savais que j'allais y avoir droit. Mais enfin, libre à toi de penser ce que tu veux. Je te demande simplement de t'asseoir et de m'écouter une minute. Est-ce que c'est trop te demander ?

— Oui, j'ai l'impression que c'est trop. Fais demi-tour et sors de chez moi.

— Tu sais ce que ça coûte d'interdire sa maison à son propre père ? Hein ? D'où sors-tu ? À quelle tribu dégénérée appartiens-tu donc ? Tu n'as pas le droit de me traiter ainsi. Je suis ton père, sapristi.

— Tu as cessé d'être mon père le jour où tu m'as poignardé dans le dos. Espèce d'enfoiré.

— J'avais un couteau sous la gorge. Tu le sais. Ils me tenaient. J'étais coincé, vieux. J'avais pensé que vous comprendriez, ton frère et toi. Je pensais vous avoir faits un peu plus malins.

— Regarde-moi. Jamais je ne te pardonnerai. Considère que c'était la goutte d'eau. Le vase était déjà plein.

— N'es-tu pas arrivé à tes fins, malgré tout ? N'avez-vous pas gagné la bataille ? Que veux-tu de plus ? Ça n'a rien changé. Ma trahison, si tu tiens vraiment à l'appeler ainsi, n'a rien changé du tout, vrai ou faux ? Tu as obtenu ta vengeance. Ton avocat et toi avez emporté le morceau, je crois qu'on peut dire ça, non ? Je crois qu'on peut dire que le succès vous a souri. »

Ils se cramponnèrent un instant à la table, fouettés par un coup de vent qui siffla violemment dans les branches – le drapeau, dans le jardin des Damanti, paraissait traité à l'amidon.

« Je n'en connais aucun qui ait gardé les mains propres, aucun tu m'entends ? Nous étions là pour bâtir une ville et gagner de l'argent. Ton frère et toi n'avez eu qu'à vous glisser derrière un bureau. Tu ne connais rien. D'accord, tu es mon fils, mais ces gens-là étaient mes amis, nous avons travaillé ensemble, nous avons bâti des ponts, construit des routes, et il fallait foncer, et assurer le bien-être de nos familles. L'argent ne poussait pas dans les arbres. »

Il était venu pleurer. Maintenant que la toiture s'abattait sur lui, il venait pleurer. Après le misérable sale tour qu'il leur avait joué.

« Est-ce que tu comptes m'arracher des larmes ? Sous prétexte que tu t'es conduit comme un salaud toute ta vie ?

— Tu en as, un culot. Tu en as un sacré culot de me parler de cette façon. Ça ne m'étonne pas de toi. Tu as toujours été sans pitié.

— La pitié se mérite. J'ai longtemps cherché ce qui pouvait te sauver, mais je n'ai toujours pas trouvé. Attends, ce n'est même pas cette histoire, c'est la somme de tout ce que tu nous as fait subir. Je ne peux pas te dire mieux.

— *La somme de tout ce que je vous ai fait subir.* Non, mais entendez-le. Ah çà, tu ne manques pas d'air, petit. À vous voir, pourtant, on ne dirait pas que vous ayez eu affaire à un tel monstre. *La somme de tout ce que je vous ai fait subir.* Ça va ? Tu n'as pas l'impression de charrier un peu ? Où en seriez-vous si je n'avais pas été là ? Et d'abord, de quoi parles-tu ? De ta mère ? J'adore ta mère, mais il fallait pouvoir vivre avec elle. *Tu n'étais pas à ma place.* En tout cas, venir me dire que je ne suis plus ton père, au soir de ma vie, tu fais fort.

— Ne viens pas te mettre à pleurer sur mes chaussures. Épargne-moi ça. Tu sais, j'ai eu du mal à croire que tu nous avais plantés là. Je pensais que tu ne franchirais jamais cette limite. Tu connais quelqu'un qui voudrait d'un père tel que toi ?

— Ça t'arrange, de tout me mettre sur les épaules. Si ça t'arrange, ne te gêne pas.

— Okay. Salut. »

Marc fit demi-tour et remonta vers la maison à grands pas. Son père sur les talons.

« Je ne veux pas de toi, chez moi. Qu'est-ce que tu veux ?

— Très bien je n'entre pas. Je reste dehors. Tu

cherches quoi ? À me mettre sur la paille ? C'est ce que tu veux ? Seulement réfléchis un peu. Qu'avons-nous à y gagner, d'un côté comme de l'autre ? Oublie un instant tes rancunes et montre-moi où est l'intérêt de me conduire à la ruine, montre-moi l'ombre de l'intérêt qu'il y aurait à précipiter une partie de la famille dans l'apocalypse financière. À moins que tu ne veuilles soutenir le train de vie de ta mère avec l'argent de ta poche ? »

Ils étaient peu nombreux, ceux qui seraient restés insensibles à cet aspect des choses.

« Maintenant, écoute-moi, fit Victor en refermant une main sur le bras de son fils et Marc lui décocha un œil sombre mais ne broncha pas. Écoute-moi. Nous voulons te faire une proposition. Voilà ce qui m'amène. Nous souhaitons faire une offre. D'où cette visite impromptue, pardonne-moi. Enfin bref. Nous souhaiterions éviter les – hum – tracasseries judiciaires. Hein, qu'en dis-tu ? Nous sommes prêts à réunir une certaine somme. Personnellement, je préfère mon issue à la tienne. Si je n'étais pas impliqué dans l'histoire, je saurais quel choix t'indiquer sans la moindre hésitation. Et laisse-moi te dire une chose : j'ai toujours gardé un œil sur vous, quoi que tu en penses, quoi que vous en pensiez, mais elle ne me rendait pas la tâche très facile. Vous viviez littéralement dans ses jupes. Renseigne-toi. Demande autour de toi.

— Pauvre Victor. Pauvre chéri. Ça te ferait pourtant les pieds. Que je te laisse tomber comme tu nous as laissés tomber. Une expérience à ne pas manquer. » Il détacha de son bras la main dont Victor l'avait harponné, comme s'il s'agissait d'une chose un peu sale. « Je te ferai connaître ma réponse », fit-il cependant que le vent sifflait. Il laissa son père dehors, espérant qu'une tornade allait l'emporter.

Il regrettait de terminer cette journée sur une note aussi sombre : Victor grimaçant amèrement derrière la baie, esquissant un geste incompréhensible de la main tandis que le vent vrombissait en tournoyant autour de lui. Il regrettait de ne pouvoir profiter du paysage que les éléments survoltaient – l'agrément principal de leur salon –, du tilleul farouchement secoué, du gazon aplati de tous côtés, de la course accélérée des nuages blêmes dans l'obscurité, du blanchiment du fleuve, du tourbillon des feuilles, etc., à cause du vieillard qui restait planté dehors et qui gâchait tout.

Il se réfugia dans la cuisine. On entendait Victor qui cognait à la vitre. Il fallait sans doute s'attendre à quelque scène du cru, s'attendre à voir clignoter les lumières d'une ambulance ou corner la voiture des pompiers, connaissant l'animal. Marc espérait que son père allait se fatiguer et rentrer chez lui pour de bon – sous peine de sombrer dans le vaudeville.

Il avait encore à l'esprit sa séance avec les Sexoliques anonymes et ce type qu'il avait décrit comme étant Marc Sollens, ce portrait de lui-même qu'il avait dressé au milieu de ces malades, le préoccupait vaguement. Le mal avait-il empiré à ce point ? Au point de fréquenter ce genre de réunion ? En tout cas, baiser Martine avait été une très mauvaise idée. Il y avait des filles qu'on payait pour ça. Il y avait des filles qui étaient là pour éviter la casse. Pour ne pas compliquer quelque chose de simple, tandis que Martine le bombardait de textos où elle parlait de se suicider. Il n'avait pas d'excuses.

Le vent ronflait dans la cheminée. Il jeta un coup d'œil. Victor était toujours là, cherchant à voir à l'intérieur, tenant à peine debout. Le laisser entrer aurait été faire preuve d'un sentimentalisme effréné.

Au matin, le ciel était clair et le jardin jonché de branches mortes et autres. Marc échangea quelques mots avec Gilbert Damanti qui déplorait le total effeuillage de ses érables et le lot de planches vermoulues qui avait atterri sur son gazon. Puis celui-ci ajouta que Victor était resté un bon moment sur le perron et que lui, Gilbert, voyant le désarroi du vieil homme, avait bien failli lui ouvrir sa porte et l'inviter à s'abriter de la tempête s'il n'avait craint de s'occuper de ce qui ne le regardait pas – mais il n'oubliait pas que Victor Sollens s'était jeté dans le fleuve quelques mois plus tôt et avait également tenté de se pendre, comme il avait tenté de s'empoisonner lorsqu'il était étudiant, aussi resta-t-il vigilant et attendit-il que le père de Marc réintégrât vaille que vaille son véhicule et s'éloignât dans la tourmente, après quoi il était allé se coucher, plus ou moins rassuré.

« Plus ou moins rassuré ? Vous voulez rire, Gilbert. Cet homme est né avec un volant entre les mains. Une sorte de Baron rouge sur macadam. Un as. Ivre mort, il serait encore capable de traverser la ville entière le pied au plancher, et sans décoiffer personne. Vous avez eu tort de vous inquiéter. Soyez tranquille. »

Chacun de leur côté, ils nettoyèrent leur jardin, le débarrassèrent des objets volants de la nuit. Du côté Damanti, les danois bondissaient derrière la haie comme s'ils étaient complètement défoncés. L'air avait fraîchi mais une grande et chaude lumière s'installait déjà sur la région, signe que la journée allait être agréable et que l'on pourrait se contenter d'une simple veste sur un polo à manches courtes Superdrive et se passer de chaussettes.

Irène se moqua des inquiétudes de Victor. Pour une fois, elle le voyait trembler et en rabattre, arpenter le balcon à l'aube avec une tête d'insomniaque. Il avait déclenché la colère de ses fils, il avait réussi cet exploit, et cette fois il n'allait pas l'emporter, cette fois il allait le payer très cher si David et Marc ne changeaient pas d'avis et l'envoyaient devant les juges.

Certes, étant donné qu'il avait agi ainsi parce qu'elle avait ce fou à ses trousses, elle ne le condamnait pas entièrement au sujet du marché qu'il avait alors passé avec De Watt. Cette action était loin d'être la pire qu'il ait commise depuis qu'elle le connaissait, mais fichtre, Victor était un homme que l'on pouvait féliciter pour l'ensemble de son œuvre, n'est-ce pas ? Il méritait cent fois la corde. Mille fois la banqueroute. En vérité.

Il avait cru devoir lui faire remarquer qu'elle avait tort de rire de la ruine de l'homme qui fabriquait les billets nécessaires à l'entretien de cette maison comme à celui de la femme qui l'habitait, mais elle lui avait ri au nez. « Tu me connais donc si mal ?

avait-elle ricané. Tu crois que ce genre de situation me fait peur ? »

Il se demandait si elle avait toujours été comme ça. Avec l'âge, les souvenirs n'étaient plus aussi nets.

« Je ne cherche pas à te faire peur. Excuse-moi. Nous pourrons toujours aller monter un stand de saucisses sur le bord de la route. »

Il n'allait pas y couper. L'entrevue avec son fils, la nuit dernière, ne le rendait pas précisément optimiste. En ville, dans un salon privé, on avait étudié le problème sous tous les angles et une seule conclusion s'imposait : il ne fallait pas de procès, il ne fallait pas *du tout* de procès.

Il hésitait à envoyer Irène plaider sa cause comme il l'avait fait avec Édith – démarche qui visiblement n'avait rien donné – bien qu'il fût persuadé qu'une femme pouvait réussir là où il avait échoué, connaissant Marc. Pour commencer, il était loin d'être acquis qu'elle acceptât une telle mission. Irène ne lui avait toujours pas donné de vrais signes d'amélioration concernant leurs rapports et il naviguait toujours à vue avec elle.

Ils n'avaient envie de finir seuls ni l'un ni l'autre et sans doute cela suffisait-il à constituer une base assez solide pour bâtir à nouveau quelque chose. Victor se montrait particulièrement sensible au temps qui passait et il s'agaçait parfois de la lenteur des choses car il savait que les années étaient comptées. Pas question de mettre dix ans à reconquérir Irène, à établir des liens plus profonds avec sa petite-fille, et tout était à l'avenant. Il s'agaçait de voir Irène traîner la jambe, si l'on pouvait dire ainsi.

En dehors de quelques attouchements, de quelques étreintes fugaces lorsqu'elle avait abusé du vermouth, ils n'avaient pas avancé d'un pas, de son point de vue. Pas de rapports sexuels. Que dalle. Il pestait lorsqu'il y songeait. Tout ce temps perdu.

Les huit années qui les séparaient faisaient la différence. Il était déjà devenu un vieillard tandis qu'Irène demeurait une femme désirable, à peine un peu molle sous les bras – et même Bradge pouvait arranger ça en deux coups de bistouri. Ainsi, soir après soir, elle quittait rapidement la table et se retirait dans sa chambre sans le moindre mot d'excuse. Elle avait des munitions dans sa table de nuit, si bien qu'il devait ruser pour la retenir. Tout cela était épuisant.

Quant à lui, son visage s'était effondré en quelques années, sa peau était devenue molle, et à partir de là on pouvait tirer l'échelle, on ne remontait plus la pente en dépit des meilleures crèmes, des meilleurs toubibs, car l'âme en prenait également un coup.

Chaque fois qu'il l'approchait, il guettait la seconde de répulsion censément provoquée par un contact direct avec, disons, au hasard, ses bajoues – qu'il accompagnait de ses cheveux blancs, de ses poils blancs, de tout ce qu'une femme pouvait détester. Il était inutile de se raconter des histoires. Inutile de perdre son temps. Il ne servait à rien de se mentir, ça n'avançait personne.

Il n'avait servi à rien de fournir à Irène les preuves

irréfutables de leur totale appartenance l'un à l'autre. Des professeurs du monde entier parlaient d'imbrication mentale, de fusion, peu importe, peu importe le nom que l'on donnait au stupéfiant phénomène de mimétisme dont il avait fait l'objet. L'apparition de ces délirants stigmates – sacré nom ! quelle histoire quand il y pensait, mais au reste, si elle voulait des preuves, elle en avait, non ? Combien d'hommes donnaient de tels gages ? On prétendait qu'ils n'étaient que huit de par le monde. Huit en tout, en comptant les femmes.

« Que veux-tu, ça ne m'impressionne pas, lui avait-elle déclaré un soir. Désolée. Je ne vais pas me forcer, quand même

— Tu n'as pas besoin de te forcer. Réfléchis une minute. Mon nez s'est brisé comme le tien. Ma lèvre s'est fendue comme la tienne. J'ai saigné là où tu saignais. Sauf que je me trouvais seul dans cette pièce. Couvert de sang. Seul. En communion avec toi. Et que me dis-tu ? Que tu as besoin de te forcer ? Hein ? Ça ne te suffit pas ? Y a-t-il quelque chose que je puisse encore faire ? »

Il n'avait plus guère de pouvoirs sur cette femme, il devait l'admettre. S'il se retrouvait sur la paille, on pouvait gager qu'il allait en perdre un maximum. Et pendant ce temps, la fin approchait – au point que des idées noires vous assaillaient pour de bon et que l'on vous retrouvait pendu au bout d'une corde, au bord de la totale asphyxie.

Prendre son mal en patience. Il n'y avait pire chose que l'on puisse lui demander, pire torture à lui infliger. Il aurait aimé lui claquer dans les doigts pour qu'elle s'en voulût jusqu'à la fin de ses jours. Lorsqu'il la voyait monter à sa chambre sans un seul regard pour lui, indifférente, silencieuse, lui laissant la table à débarrasser, les couverts à mettre au lave-vaisselle, les lumières à éteindre, l'alarme à activer, il serrait les dents.

Il était tout juste bon à porter ses paquets. Pour porter ses paquets, il était bon. Les vendeuses lui souriaient et lui ouvraient la porte et ensuite il fallait regagner l'Aston Martin les bras chargés, surtout au moment des soldes ou durant la quinzaine du blanc et là un flic lui dressait une amende carabinée sous prétexte qu'il était garé devant une colonne d'incendie.

Il s'arrêta un matin devant une boutique La Perla et se mit à examiner la lingerie qu'on y exposait jusqu'à ce qu'Irène le rejoigne et ils observèrent ainsi la vitrine en silence.

« J'ai envie de t'offrir quelque chose, dit-il. Allons jeter un coup d'œil. »

Si Irène fut interloquée, elle n'en laissa rien paraître – aucune femme intelligente ne pouvait résister devant une telle offre.

« Attends-tu quelque chose en retour ? » demanda-t-elle un peu plus tard, en regardant ailleurs, après avoir déjà mis trois modèles de côté, soyeux, superbes, hors de prix. Elle tenait au bout de ses doigts un ensemble avec porte-jarretelles, qu'elle faisait tourner dans la lumière, dans la puissante lumière du matin. C'était une belle matinée, directement tombée d'un ciel délavé par la minitempête qui avait traversé toute la vallée – la fin d'automne s'annonçait chaotique.

« Si j'attends quelque chose ? » ricana-t-il en regardant dehors.

Il haussa vaguement les épaules. Ensuite, il l'invita à déjeuner et lui déclara tout de go qu'il souhaitait de nouveau partager son lit.

« Quoi ? T'installer dans ma chambre ? »

On aurait dit qu'elle venait d'apercevoir quelque chose de renversant, ses yeux s'étaient agrandis.

« Irène, c'était *notre* chambre, soupira-t-il. Je pense que c'est ma place. Écoute, s'il y avait un moyen de réparer ce que j'ai fait... Tu le sais très bien.

— Ne te rends pas ridicule. Je ne devrais pas te dire ça, parce que ma foi s'y oppose, mais je ne te pardonnerai jamais ce que tu m'as fait. »

Le pardon était une chose très difficile à obtenir. Tout le monde courait après mais combien étaient sauvés ? Même de fervents catholiques rechignaient à l'accorder. « J'espère que tu comprends bien que tu m'as tuée, ce jour-là, reprit-elle. Il n'y a aucune manière de racheter ça, tu le sais bien. »

Il s'éventa pensivement avec le menu. Une fois de plus, il lui jeta un coup d'œil oblique puis regarda dehors. « Tu es tellement désirable, lâcha-t-il d'une voix tremblante et l'œil fixé sur la circulation le long du fleuve. Excuse-moi. Excuse-moi. Tu dois penser que je perds la tête, mais c'est ainsi. Tout à l'heure, tandis que tu examinais toute cette incroyable lingerie, je devenais fou. Nous avons fait un mariage d'amour, tu ne l'as pas oublié ? »

Ils échangèrent un long regard.

« En tout cas, fit-il en parcourant le menu, je crois qu'il veut ma peau. Non content de m'avoir fichu hors de chez lui. Il semble décidé à me donner le coup de grâce. Non content de m'avoir claqué sa porte au nez. Le sale petit con. Passe-moi l'expression. » Ils commandèrent, puis restèrent un instant silencieux. « Comment avons-nous fait pour fabriquer ce type sans cœur ? demanda-t-il. Tu m'as trouvé dur, quelquefois, mais alors que dire de lui ?

— La même dureté, le même égoïsme. Je ne vois pas beaucoup de différence.

— En tout cas, vois si tu peux faire quelque chose. Parle-lui en ma faveur. Hein, qu'en dis-tu ? Tu penses que c'est faisable ? Peut-être que toi, sa mère, il t'écoutera. C'est une satanée tête de cochon, ce garçon. On mettrait ça dans un film, personne n'y croirait. D'être têtu à ce point-là.

— Que veux-tu, au juste ? Coucher avec moi ou m'envoyer en éclaireur ?

— Tu veux savoir quoi... dans quel ordre ? »

Depuis le viol, Irène semblait à la fois plus sombre et plus lumineuse. Et donc se révélait doublement attirante. Parfois, il en plaisantait, il disait : « Le jour venu, ne m'accompagne pas jusqu'à ma tombe. Ce n'est pas nécessaire. »

Il la considéra. « Nous avons fait de drôles d'enfants, lui dit-il. Marc se tient au-dessus de ma tête. Muni d'une hache. Et j'ai peu d'espoir qu'il m'épargne, si tu ne fais rien. Mince, on lui offre pourtant *un paquet* d'argent. Ne me dis pas, Irène, que ce ne sont pas de drôles d'enfants que nous avons faits là. Est-ce que nous avons mérité ça ?

Franchement. Des saligauds pareils. Quelle main a bien pu leur arracher le cœur et y jeter une pierre ? »

Ils grignotèrent. « Je souhaiterais que la raison l'emporte quelquefois, dans cette famille, reprit-il. Personne ne va y gagner. Tu n'as qu'à lui expliquer comment c'était, à quoi ressemblait cette ville cinquante ans plus tôt. Tous les investissements. Tout l'argent qui a circulé. Bien sûr que l'argent a circulé. Bien sûr que nous avons fait des affaires. Il aurait fallu quoi ? Que nous soyons débiles ? Pose-lui la question. Exige une réponse. Peut-être auras-tu plus de chance que moi. »

Il était presque convaincant. Ce qu'il disait n'était pas faux. Ce qu'il disait à propos de cette ville, des quartiers entiers qu'ils avaient fait surgir de terre, des bâtiments, des ponts, des avenues, n'était que pure vérité. Des types avaient vu grand. Des hommes qu'Irène avait connus jeunes et fringants, que Victor ramenait à la maison pour une partie de Monopoly en taille réelle. Ils avaient été une armée en marche. Victorieuse. Insatiable. Impatiente.

Irène savait très bien que la blancheur immaculée n'avait pas toujours été requise. Mais elle ne pensait pas que Victor était aussi coupable que le prétendaient ses fils. Il s'agissait d'une époque différente. Où il fallait agir d'abord et réfléchir ensuite.

Victor avait fait partie de la bande. Ça ne la gênait pas. Ce n'était pas ce qui la gênait. Ces hommes appartenaient à un autre temps. Elle voyait à quel point il se sentait blessé, à quel point il se sentait incompris.

Elle avait pitié de lui. Un peu. Pas trop. Elle

acceptait qu'il dorme dans l'ancienne chambre de Marc et se levât à l'aube pour préparer leur petit déjeuner.

Apprécier sa présence était un grand mot. Apprécier sa présence était un grand mot mais elle lui devait pour une bonne part d'avoir franchi ces derniers mois sans trop d'encombres. Il lui avait au moins évité une ou deux dépressions, sûrement sévères, simplement parce qu'il s'était trouvé là, allant et venant dans cette maison qui sinon aurait résonné comme une tombe sinistre et glacée.

Les sentiments qu'il prétendait éprouver de nouveau pour elle. Ces sentiments-là. Ils étaient si extravagants. De quoi cet homme était capable ne finirait jamais de l'étonner. Se rendait-il compte de ce qu'il avait fait ? Elle n'en était pas sûre. Il n'était pas réellement conscient d'avoir brisé une vie, de bien comprendre ce que cela voulait dire. Et le même venait se traîner à ses pieds dans l'espoir de reprendre la vie commune, à soixante et onze ans, amoureux comme un collégien. Ahurissant.

Mais elle avait canalisé ses ardeurs. Elle ne lui avait accordé que quelques vagues caresses depuis l'été, lui faisant bien comprendre que c'était elle qui décidait jusqu'où ils pouvaient aller et qu'il avait intérêt à s'y tenir s'il ne voulait pas prendre aussitôt la porte. Le message était passé. Message reçu. Ainsi avait-elle pu mesurer ses réactions aux caresses d'un homme et mener cet examen à son rythme, comme elle l'entendait. Longtemps, un frisson l'avait parcourue quand il posait une main sur elle, mais le plus dur était passé, elle reprenait plaisir au cunnilingus.

Remonter la pente s'avérait difficile mais elle s'en tirait parfaitement bien. Voyant comment cela se présentait, Bradge lui confia qu'il n'avait plus guère de souci à présent concernant la pénétration proprement dite, que les dernières barrières psychologiques allaient sauter d'un jour à l'autre.

Rien ne pressait, cependant. Avec Élisabeth Dorflinger, Valérie Ardentropp et quelques autres, elles avaient organisé une tombola, récolté des vêtements, rassemblé des dons, installé une bibliothèque dans la sacristie, ce genre de choses, si bien que le sexe n'avait pas été au premier plan de ses préoccupations.

Le père Joffrey les encourageait à consacrer une partie de leur temps à la bonne marche de la paroisse – laissant planer l'idée que ce que l'on donnait dans cette vie se trouvait crédité dans l'autre. Bien des religions fonctionnaient à partir de ce postulat. De ce simple postulat.

Victor n'était plus le Victor qu'elle avait connu. Il s'était voûté, bien sûr. Il avait gardé ses cheveux, mais ils semblaient plus mous, plus fins, enfin bref, ce n'était pas là le plus important. Il avait changé en profondeur. Quelque chose à l'intérieur de lui avait capitulé. Une part de lui s'était inclinée. Il en avait enfin rabattu, *enfin,* et c'était elle à présent qui exerçait sur lui un confortable ascendant. Juste retournement de la situation, si l'on voulait son avis.

Maintenant, il venait lui manger dans la main. Il venait réclamer son pardon. Parfaitement nul, d'une certaine manière. L'inquiétude qu'éveillait en lui la situation actuelle le rendait encore plus empressé.

Parfois la scène virait au grotesque lorsqu'il se jetait à ses genoux et versait une larme.

« Je te revaudrai ça, lui exposait-il. Fais-le revenir sur sa décision et tu n'aurai pas affaire à un ingrat, je te le promets. »

Elle hésita.

« Écoute. Je ne veux pas être tributaire de sa réponse.

— Parfait. Dans quel sens ?

— Dans le sens où il ne voudrait pas changer d'avis. Je ne voudrais pas avoir affaire à un ingrat de quelque manière que ce soit.

— Toi alors, tu ne perds pas le nord », ricana-t-il en hochant doucement la tête.

Elle le fixa longuement tandis qu'il s'était renversé sur sa chaise, les yeux fermés. Elle ne savait pas vraiment s'il souffrait, s'il souffrait seulement un dixième de ce qu'elle avait souffert.

Leurs deux fils pouvaient en témoigner. Non qu'elle fût fière de l'état dans lequel elle s'était mise après qu'il l'eut quittée. En comparaison, le cauchemar qu'elle avait vécu entre les griffes du menuisier n'était rien. Les blessures que ce dernier lui avait infligées n'étaient rien, la preuve. La preuve, au bout de quelques mois il n'en subsistait aucune trace, ni marques ni cicatrices, tandis que le coup que lui avait porté Victor la blessait encore aujourd'hui comme au premier jour. Parfois, elle se reprochait de l'avoir décroché à temps – elle le voyait encore le visage bleui, se balançant mollement au bout de sa corde – d'avoir bondi et uni ses forces à celles de

Catherine Da Silva pour sauver la mise de l'homme qui l'avait répudiée.

Cependant, elle réfléchit à sa proposition tandis qu'il rejoignait Valérie Ardentropp au sous-sol et se plongeait à son tour dans ses archives – des dizaines de cartons pouvant contenir des informations sensibles et qu'il valait mieux détruire au cas où certaine action en justice ne pourrait être enrayée. L'échéance approchait. À première vue, elle doutait de pouvoir mener une telle opération à bien. Faire en sorte que Marc revienne sur sa décision semblait hors de sa portée. Les relations que celui-ci entretenait avec son père avaient atteint leur point d'incandescence et Irène ne voyait pas comment elle parviendrait à retenir le bras de son fils – qui, de toute évidence, attendait cet instant depuis des lustres.

Victor n'était pas un tendre. Le sentimentalisme dont il faisait preuve ces derniers temps ne devait pas tromper. Il n'avait jamais tenu ses fils en haute estime – et les choses ne s'étaient pas arrangées lorsqu'il avait observé de quoi ces deux-là étaient capables pour les beaux yeux d'une fille, de parfaits dégénérés estimait-il sans aller chercher plus loin.

Il se montrait particulièrement froid et cassant à l'encontre de Marc qui portait, d'après lui, la responsabilité du furieux et grotesque combat qu'ils se livraient entre frères, étant donné la personnalité de David.

« Ton entêtement ne te fait pas honneur, lui répétait-il. J'en attendais plus de toi. En tout état de cause. »

Les chances de retenir Marc étaient d'une minceur

extrême. On pouvait lui accorder qu'avec le temps il avait pris une certaine assurance et Irène elle-même n'avait plus guère le dernier mot avec lui. Perplexe, donc, quant au résultat d'une intervention de sa part auprès de cet irascible fils, elle se servit un verre.

Le père Joffrey l'écouta longuement. Il espérait récolter assez d'argent pour doubler l'aide, alimentaire et autre, qu'il comptait apporter aux familles les plus démunies durant la période des grands froids – et parfois les prières ne suffisaient pas. Ils se connaissaient depuis longtemps mais l'ecclésiastique se déclara néanmoins surpris d'apprendre que Victor avait trempé dans ce qu'il convenait d'appeler de juteuses combines à l'époque où, pour certains, l'essor de la ville prenait des allures de gigantesque feu d'artifice.

Avec un sourire aimable, Irène évoqua les multiples dons qu'elle avait effectués au cours des ans, sans parler de l'argent qu'elle glissait dans les différents troncs à chacune de ses visites. Tout cela ne s'était pas trouvé sous les sabots d'un cheval, bien sûr.

L'homme de Dieu grimaça. Il fit signe à Irène qu'il était redescendu sur terre et s'engageait à écouter la suite sans l'interrompre avec ses considérations d'un autre âge.

« Joffrey, ce monde est un véritable chaos. Qu'est-ce que vous me racontez. Je me demande parfois dans quelle époque vous vivez, franchement.

— Oui, je vous l'ai dit. C'est stupide de ma part. D'autant que cet argent a été lavé. D'autant qu'il a servi grâce à vous à des œuvres charitables.

— Ne soyez pas angélique, Joffrey. Regardez un peu le monde tel qu'il est. Victor est prêt à effectuer un don. Il pense qu'il peut réunir de quoi financer une cantine pour les indigents de votre quartier.

— Une cantine ? Pour les indigents du quartier ?

— Quoi, Joffrey, ça ne vous plaît pas ? Certes, l'automne est encore très doux, mais attendez que la température dégringole et vous allez les voir défiler, enroulés dans leur couverture, la goutte au nez, les lèvres bleues, vous allez voir ces hordes affamées aux joues creusées. Quoi de mieux qu'une cantine ?

— Enfin, nous verrons ça... Quoi ? Pour les indigents du quartier ?... Hum... Je crois que nous aurions plutôt besoin d'un moyen de transport. Un genre de car. Pas trop grand. Dix, quinze places. Pour les sorties. Quand nous organisons des sorties.

— Un genre de minibus.

— En plus grand. Un minibus en plus grand. Avec de larges coffres et une plate-forme électrique pour les fauteuils. Et des WC. Mais je ne suis pas certain, Irène, qu'il m'écoutera, vous savez. Je n'en suis pas sûr du tout.

— Si, vous, il ne vous écoute pas, alors il n'écoutera personne d'autre.

— Je suis beaucoup plus proche de David, évidemment. Ce serait David, je vous dirais *peut-être*, mais avec Marc... enfin, ça ne coûte rien d'essayer... Cette volonté qu'il a, de vouloir abattre son père... bien sûr, ce n'est guère défendable. Je serai absolument ferme, sur ce point.

— Soyez-le, Joffrey. Je vais vous faire envoyer un

catalogue de chez Mercedes. Dans un premier temps.

— Remarquez, nous nous sommes toujours très bien entendus, lui et moi. Quand il arrivait que nous courions ensemble, qu'il nous rejoignait, je prenais le temps de bavarder avec lui, et c'est vrai, c'est vrai, je vous l'accorde, je ne lui suis sans doute pas tout à fait indifférent, c'est vrai qu'il a déjà, une ou deux fois, sollicité mes conseils. Une ou deux fois. C'est vrai.

— Pourquoi vous le demanderais-je, sinon ? Pourquoi aurais-je entrepris cette démarche, mon père, si j'avais pensé qu'elle était inutile ?

— Pour commencer, je vais lui demander pourquoi il n'est pas encore marié, à son tour. Ça fait quoi ? Ça va faire des mois qu'ils vivent ensemble, non ?

— Bon, mais écoutez, ne vous occupez pas de ça. Ne le prenez pas aussitôt à rebrousse-poil avec ces questions-là. Je comprends qu'il ait besoin de réfléchir, pas vous ? Y a-t-il un blanc dans votre mémoire, dites-moi ? Certains épisodes se seraient-ils effacés ?

— Non. Bien sûr que non. Je vous entends encore, je vous *vois* encore... agenouillée entre ces bancs, sanglotant, implorant, fracassée... Comment Irène, comment pourrais-je oublier ça ?

— Il ne s'agit pas de moi. Si ce n'était que moi. Mais, voyez-vous, j'estime que cette fille s'est mariée il y a vingt ans. Alors dites-moi donc, mon père, *comment pourrait-elle donc épouser mon fils aujourd'hui ?* Expliquez-moi ça.

— Vous avez raison. Sur le fond, vous avez raison. C'est une chose que l'Église ne peut accepter. J'ai la même opinion que vous à propos des divorcés. Bien entendu. Mais que voulez-vous, hum ? que voulez-vous que nous y fassions, hum ?

— Eh bien... quoi qu'il en soit, arrêtez de me parler de ce mariage. Vous seriez gentil, mon père. Écoutez, allez voir Marc, tout simplement, je ne vous en demande pas davantage. Raisonnez-le. Prenez-le à part et glissez-lui quelques mots sur la clémence. Parlez-lui de la clémence, mon père. Dites-lui qu'il en sortirait grandi, et cetera. Je compte sur vous. Je crois que le mieux est d'aller droit au but. Sans chercher d'autre excuse à cette future entrevue que l'urgence de le mettre en garde contre un entêtement devenu excessif. Et rien d'autre. Le reste ne nous regarde pas. Demandez-lui de se conduire en chrétien, pour changer. Demandez-lui d'agir en fonction de la morale. Demandez-lui de se placer sur le plan de la morale. Se rend-il compte qu'il est sur le point de commettre une *mauvaise action* ?

4.

La voiture des pompiers était garée devant la maison des Damanti. Gyrophares en action. Grande échelle déployée. Pompiers affairés. De bon matin. Car il se passait ceci, il se déroulait cette scène étrange : un des deux danois était perché en haut d'un arbre, à environ vingt mètres du sol et le molosse hurlait à la mort.

Les pompiers n'en croyaient pas leurs yeux. Personne ne comprenait comment l'animal pouvait bien se retrouver là, entre deux branches, tétanisé par la douleur, encore fumant. Marga portait un peignoir et des talons hauts et elle se contentait de secouer la tête en grognant lorsqu'on l'approchait pour obtenir une explication quelconque. Marc les avait appelés. Les gémissements du chien, mêlés aux aboiements de son congénère qui tournait et sautait au pied de l'arbre, l'avaient réveillé. Penché à la fenêtre, aux aurores, il avait mis un moment avant de découvrir d'où cela provenait. Il avait fini par lever les yeux.

« Ce chien a été propulsé par la fenêtre, directement de leur chambre. Propulsé par un éclair qui l'a grillé. C'est ça et rien d'autre.

— Marc, je t'en prie. Ne dis pas n'importe quoi.

— Je ne dis pas n'importe quoi. Réfléchis une minute. »

Il était coiffé, rasé de frais, impeccable, et il buvait un café aromatisé à l'anis tout en observant la mission de sauvetage qui se mettait en place dans la douce lumière de ce matin de novembre exceptionnellement doux, cette fois encore, au point que les banquises fondaient, que les arbres tardaient à perdre leurs feuilles, et que l'angoisse montait tranquillement.

« Je n'arrive pas à y croire, murmura-t-il tandis qu'un rayon de soleil passait par-dessus les arbres. Aucun être humain ne possède ce genre de pouvoir, n'est-ce pas ? C'est de la pure science-fiction, n'est-ce pas ? Elle va finir par me ficher les jetons, tu sais. Et pour commencer, j'aimerais bien que Sonia prenne ses distances avec elle.

— Marc... ce sont nos voisins... presque nos amis.

— Nos amis ? *Nos amis ?* Attends, ce ne sont pas nos amis. Gilbert m'a braqué une arme sur la tête. Marga et lui se livrent à des pratiques insensées. Tu le sais. Nous le savons. Édith, *ce ne sont pas nos amis*. Comment a-t-elle fait pour balancer ce chien dans les arbres ? Le griller comme une chipolata, ce pauvre chien. Tu as vu ça ? Il tremblait de douleur.

— Il y a forcément une explication.

— Bien sûr qu'il y a une explication. La maison d'à côté est habitée par des forcenés. Par deux fondus de sorcellerie, de magie noire, appelons ça comme on veut. Vas-y. Rigole. En attendant, regarde cet horrible rôti qu'ils descendent de l'arbre. Rigole tant que tu veux. En tout cas, j'en parlerai à Sonia. Je lui dirai ce que j'ai vu.

— Quoi ? Qu'est-ce que tu as vu ? Tu n'as rien vu. Il y a un chien blessé dans un arbre. C'est tout ce que l'on peut dire.

— Il n'y a pas un chien blessé, il y a un chien complètement carbonisé, grillé comme une côtelette. Nuance. Je ne veux plus qu'ils s'approchent de ma fille. Désormais, ce sera bonjour bonsoir, et rien d'autre, par-dessus la haie.

— Écoute, je crois qu'ils n'ont vraiment rien de si terrible.

— Eh bien, je ne sais pas ce qu'il te faut. Tu attends quoi ? Qu'ils se mettent à cracher des flammes ? Je crois qu'elle a grillé ce chien d'un seul regard, voilà ce que je crois.

— Marc, ils sont nos voisins depuis des mois. Bien. Admettons. Peut-être sont-ils un peu spéciaux, un peu étranges, mais tu voudrais quoi ? Des gens plus normaux ? Sans le moindre grain de folie ?

— Tu appelles ça un grain ?

— Prenons le cas de ton père. Par exemple. Parlons de sa séance de stigmates si tu tiens à parler de choses bizarres. Crois-tu que je serais plus rassurée si je l'avais pour voisin ? »

Ils s'interrompirent pour observer le groupe de pompiers penchés sur l'animal, ceux qui grimaçaient et ceux qui se redressaient en se bouchant le nez. Marga Damanti ne marchait plus de long en large. Elle s'était arrêtée pour les observer, elle aussi, les mains enfoncées dans les poches de son peignoir, les sourcils froncés, le souffle court. Si l'on estimait qu'elle aimait ses chiens, si l'on décelait une onde de douleur derrière ses sourcils froncés, il venait à l'esprit qu'on avait là, sur cette bâche, souffrant mille morts et proche de son dernier souffle, le résultat d'une expérience ratée, d'un puissant pouvoir dont la maîtrise avait échappé à la bougresse qui frémissait sur son perron comme une feuille.

D'un autre côté, cela mettait effectivement un peu d'animation dans un quartier qui en manquait singulièrement – comme en manquaient les quartiers huppés où le magasin le plus proche se trouvait à plusieurs kilomètres.

Édith avait une bonne influence sur lui. Il en était tout à fait conscient. Il se sentait moins *straight*, plus ouvert. Une chose était sûre : il ne regrettait pas de l'avoir attendue. Sa persévérance avait fini par payer. Il ne regrettait pas de s'être réservé pour elle, de n'avoir jamais dit à une autre femme qu'il l'aimait, ni même prononcé des mots tendres dans une autre oreille. Il avait attendu Édith pendant vingt ans. Il se rendait compte aujourd'hui comme le temps avait été long. Il prenait à présent conscience de la distance, etc. Enfin bref, quoi qu'il en soit, il comprenait très bien, désormais, qu'un peu de folie méritait d'être préservé autour de soi, même cultivé si l'on voulait éviter de partir en morceaux. Quelle part avait-il accordée à la fantaisie, à l'imprévu, à l'inexplicable durant toutes ces années ? Une vie de moine lubrique, privée de sentiments et tirée au cordeau, glacée. Une vie de mort vivant, ni plus ni moins.

L'existence qu'il avait menée. Oh oui. Il en convenait.

Une vie à mourir d'ennui – ha, ha ! Bien sûr. Il ne s'en était pas rendu compte, alors. Au fond, sa vie avait été très chiante. Il avait dormi – Édith ne lui avait soufflé au visage que deux décennies plus tard, il fallait se pincer pour le croire.

« C'est quand même un peu risqué, dit-il. Ça ne te semble pas un peu trop ? Je suis comme toi, je n'ai pas envie d'avoir affaire aux flics, mais...

— Marc, voyons, ils ne sont pas en train de construire un engin explosif. Ils ne nous ont *rien fait,* que je sache.

— J'aimerais mieux des terroristes. Je te le dis comme je le pense. Je ne suis pas à l'aise avec le surnaturel. J'aimerais mieux qu'ils préparent du poison ou apprennent à piloter des avions au lieu qu'ils pratiquent je ne sais quelles abominations et envoient valser leurs chiens par les fenêtres au moyen d'une force inconnue – à moins qu'il ne s'agisse d'un grille-pain géant, qu'en penses-tu ? »

Les pompiers ramenaient leur grande échelle tandis que Gilbert Damanti, livide, emportait le cadavre de son danois dans une bâche – cependant que l'autre animal s'excitait autour de lui, se dressait sur ses pattes arrière, bondissait stupidement en l'air avec ses petites oreilles escamotables et son collier de cuir épais, large de dix bons centimètres.

« Gilbert semble anéanti. Écoute-moi, dit-elle. Je ne crois pas qu'ils soient dangereux. »

Au début de l'automne, Marc lui avait vendu une SL 500 blanc ivoire et Gilbert Damanti descendit de celle-ci un peu plus tard, claqua la portière et se fit annoncer par Béa – qui glissa que ce type lui donnait la chair de poule, surtout son regard.

« Savez-vous pourquoi je vous ai acheté une voiture de ce prix-là ? Regardez-moi dans les yeux, Marc. Savez-vous pourquoi j'ai accepté de dépenser une fortune ? Pourquoi j'ai pris toutes les options qu'on puisse imaginer ? Pour que nous soyons amis, Marc, pour que nous soyons amis. Personne n'a besoin de ce genre de voiture. J'ai voulu vous faire plaisir, voilà tout. Je pensais que vous l'auriez compris.

— J'ai apprécié que vous m'achetiez cette voiture, Gilbert. Je l'ai *profondément* apprécié.

— Mais vous vous méfiez de moi. Vous n'avez pas confiance en moi.

— Je n'ai pas confiance en vous ? »

Gilbert Damanti se laissa choir dans un fauteuil et récusa tout exercice diabolique, tout pouvoir monstrueux, tout usage de forces obscures.

« Avez-vous entendu parler d'une expérience réalisée durant la Seconde Guerre mondiale sur un bateau et son équipage ? Que savez-vous de l'inversion électromagnétique des champs ? »

À la fin de l'entretien, Marc demeura perplexe. Il s'en ouvrit à son frère, lequel prenait juste congé d'un père de famille qui souhaitait offrir un coupé à sa maîtresse afin de la remercier pour tout le bonheur qu'elle lui procurait et dont il ne pourrait jamais s'acquitter.

« Inversion électromagnétique des champs ? grimaça David. Jamais entendu parler. » Il se pencha sur son clavier. « Voyons voir ce qu'ils disent. »

Tandis que David consultait le résultat de ses recherches, Marc déclara qu'il *sentait* que Marga manipulait quelque chose de terrifiant et que l'inversion électromagnétique des champs était pure invention.

« Tss, tss ! fit David en pointant son écran du doigt. Eh bien non. Pas du tout. Figure-toi que l'expérience dont il parle a réellement eu lieu, tout est là, durant la Seconde Guerre, dans un port du Pacifique. *Inversion électromagnétique des champs.* C'est écrit là. Ils mentionnent d'ailleurs cette redoutable odeur de cochon grillé. L'équipage au complet et son commandant. »

Ils se regardèrent.

Marc plissa les yeux : « Et toi, tu laisses une telle femme faire des incantations au-dessus de ta tête ? Tu avales cette fumée qu'elle balance autour de toi ? Tu ne manques pas de courage, dis-moi. Tu n'as pas peur qu'elle te jette un sort ? Qu'elle te colle au plafond ? En tout cas, je vais m'assurer que Sonia garde un peu ses distances avec elle. Vous irez faire vos trucs ailleurs, si ça ne t'ennuie pas. »

David haussa brièvement les épaules. Si Marc pensait avoir ce genre d'autorité sur sa fille, il se trompait. Plus le temps passait et plus elle prenait un malin plaisir à heurter son père. S'aveuglait-il donc à ce point ? s'interrogeait David à propos de son cadet. Se révélait-il à ce point inconscient de l'irritation dont il était l'objet ? Souvent, Marc l'étonnait.

Mais quoi qu'il en soit, David se promit d'ouvrir l'œil et de veiller sur Sonia. Il ne fallait prendre aucun risque, n'y aurait-il eu qu'une chance sur un million pour que Marga fût une authentique sorcière, une femme possédée par le démon, dotée de pouvoirs terrifiants. Il fallait rester vigilant.

« Elle a obtenu de bons résultats avec Joël.

— De bons résultats ? Parlons-en. L'autre est cloué sur ce fauteuil jusqu'à la fin de sa vie. C'est ce que tu appelles des bons résultats ?

— C'est ce que j'appelle des progrès. Ce con peut même jouer aux cartes et au ping-pong.

— De *petits* résultats, je dirais. De *tout petits* résultats. Pas de quoi hisser un drapeau.

— Souviens-toi de l'état dans lequel il est sorti de l'hôpital. Un chiffon, une véritable loque, voilà ce qu'il était. Un moribond, une viande froide. Regarde ce con, aujourd'hui. Je te jure qu'il a les joues roses. Pour un peu, il se porterait comme un charme. »

Depuis qu'en face Roberto avait fermé, ils se faisaient livrer leurs repas le plus souvent et déjeunaient sur un coin de bureau ou sur un bras de fauteuil, ce qui n'était pas plus mal car le garage tournait à plein régime, tout le monde cavalait et avalait son café debout.

Cette fois, Béa leur avait commandé du thaïlandais et installait toutes les choses sur la table basse qui ornait le bureau de Marc – lequel disposait également des meilleurs sièges et d'un excellent canapé de cuir pour la sieste, lorsque les affaires étaient plus calmes, ou si quelqu'un avait besoin de s'allonger pour une raison X ou Y ou même Z, les occasions d'en prendre, d'en recevoir, d'en ramasser, pour parler vulgairement, ne manquaient pas.

Les types livraient en pousse-pousse. Ils aimaient beaucoup suivre Béa dans l'escalier, puis dans les couloirs, suivre le balancement, l'ondulation des hanches. De vrais zombies. Marc estimait que la majorité d'entre eux aurait pu le suivre chez les Sexoliques anonymes tant leur comportement les trahissait – la respiration qui s'arrêtait, les yeux qui s'ouvraient, la salive qui manquait, le sang qui bouillait tandis qu'ils clopinaient religieusement derrière elle.

Il faisait beau. Le jeune gars attendait son pourboire et bandait vaguement en observant Béa qui s'affairait devant lui, aux pieds des deux hommes, disposant les couverts à croupetons sur une carpette en haute laine que Marc avait ramenée d'Italie – ils sont tellement feignants, là-bas, que leur commander un tapis peut prendre des mois. La saison permettait encore les jupes courtes. Les lunettes de soleil. Il faisait bon. Un écureuil courait sur le rebord de la fenêtre où scintillait un lierre aux larges feuilles luisantes, un lierre commun en pleine santé, qui semblait pousser à vue d'œil et filait vers le sommet d'un seul élan. Le canard au curry rouge fumait avec soin dans sa barquette, les bananes blanchies au lait souriaient mystérieusement – au point d'en oublier que rien ne s'arrangeait vraiment dans le reste du monde, que rien n'allait vraiment dans la bonne direction, malgré de tels moments.

« Béa, soupira Marc. Si vous ne faites rien, ce gars va rester là jusqu'à la nuit tombée, vous savez. Alors que son patron l'attend et ne le paye pas pour se rincer l'œil à l'heure où les commandes affluent, je suppose. Non ? »

Il s'agissait presque d'un miracle. En tout cas d'une chose inexplicable, selon lui. Béa ne lui faisait rien. De très vieilles femmes pouvaient activer sa concupiscence, de très abîmées, de très laides, de mortellement banales, et Béa n'était rien de tout ça. Elle n'était pas une beauté mais les hommes la remarquaient et n'importe quel Sexolique anonyme se serait jeté sur elle sans y réfléchir à deux fois. Il s'agissait donc d'un miracle. Si l'on prenait en compte qu'il ne se passait pas une journée sans qu'il eût l'occasion de constater qu'elle ne portait pas de soutien-gorge, mais heureusement une culotte, du moins assez souvent, l'indifférence qu'il affichait aux charmes de leur secrétaire frisait le phénomène de foire. Mais bref, il en allait ainsi. À peine s'il dressa un sourcil tandis qu'elle tirait sur sa jupe remontée à mi-cuisses, les joues rosies.

Parfois, à la simple idée des ennuis qu'il s'épargnait ainsi, il secouait doucement la tête. Existait-il l'équivalent de saint Christophe pour les dépendants sexuels, un saint pour dégager la route ? Ça ne semblait pas impossible.

« J'ai vu un homme tordre des cuillers par la seule force de sa pensée, dit-elle. Devant une assemblée d'huissiers. Eh bien, je n'en ai pas dormi pendant trois jours. Ça m'a terrorisée.

— Ce chien, il devait bien peser quarante kilos. Je ne prétends pas qu'il va me manquer. Mais ce n'était pas agréable à regarder. Je ne vous fais pas un dessin.

— Bon, lâcha David, mais il y a tellement de cinglés, dans cette ville. Qu'est-ce qu'on y peut ? Quand des femmes sont arrosées d'essence. Quand on jette des enfants du haut des ponts. Quand on met le feu à des hôtels où des gens *dorment* avec toute leur famille. Quand on fait exploser des métros. »

Ils saisirent leurs baguettes. En son for intérieur, chacun pensait que la faillite de Roberto représentait une vraie bénédiction.

Le père Joffrey déclara qu'il passait par là et n'avait rien de spécial en tête, mais deux minutes plus tard il se penchait sur les deux frères et les exhortait à abandonner les poursuites contre leur père car aucun bon catholique ne pouvait faire ça. À quoi ils répondirent qu'ils ne pratiquaient pas.

« Je vous ai baptisés tous les deux. Je vous ai enseigné le pardon. Ne me dites pas le contraire. Jamais le bras d'un enfant ne doit retomber sur ses parents. Vous m'entendez, jamais ! Tu ne lèveras pas ton poing sur les tiens. Pas sur ton créateur. C'est dans la Bible. Ne prenez pas ça à la légère, tous les deux. »

Le père Joffrey pensa à son minibus – quelque chose d'assez grand, de bien équipé – et il posa la main sur l'avant-bras de Marc : « Marc, je suis prêt à fermer les yeux sur beaucoup de choses, vraiment, j'essaie d'avoir l'esprit ouvert, mais il y a un point au-delà duquel je ne puis aller, mon garçon. Un point au-delà duquel je ne te suivrai pas. »

Si bien que les deux frères se retrouvèrent le soir, tandis que le ciel plongeait vers le crépuscule, après la fermeture. Ils avaient réussi à se débarrasser de

Béa qui s'éternisait à ranger des papiers et traînait en quête d'une improbable aventure, alors que ne luisait aucun espoir – mais ces choses-là ne se commandaient pas.

« Alors ? Qu'en penses-tu ? fit Marc.

— Ils ont l'air d'insister. Je pense que l'on pourrait obtenir le double, si l'on voulait.

— Le saigner mais lui épargner le déshonneur ? »

Il marcha un moment de long en large tandis que David croisait les jambes sur un bureau et joignait ses mains derrière sa nuque. Il s'arrêta. Se tourna vers David qui regardait dans le vague, souriant presque. « Le saigner mais lui épargner le déshonneur, c'est ça. Ah, je ne sais pas. Je n'en sais fichtre rien. » Il reprit ses allers et retours, les poings enfoncés dans les poches. « Aide-moi à trouver une raison. Aide-moi à trouver une seule petite raison. Tu vois ? Il n'y en a pas. Rien ne peut jouer en sa faveur. Ce salaud peut crever. Tu n'es pas d'accord ?

— Attends, n'oublie pas que j'étais là, moi aussi. Je sais ce qu'elle a enduré. Je sais qu'il ne mérite aucune pitié, qu'il n'a toujours pensé qu'à lui. Mais Irène n'a pas dû toujours être facile à vivre, soyons justes. Le mariage est une prison, non ?... Ça va. Je plaisantais.

— Je m'étais juré qu'il le paierait. Pour toutes les larmes qu'elle a versées. Simple question de justice. C'est facile de tirer un trait. Je suis contre l'impunité. Sous toutes ses formes. Chacun doit être responsable de ses actes. »

David gloussa. Puis il fit remarquer que même

partagé en trois cela représentait de belles sommes. « Oui, je ne suis pas aveugle », marmonna Marc.

Lorsqu'il apprit à quelle hauteur se situait la revendication de ses fils – ils en avaient discuté avec Vincent Delborde et celui-ci aussi avait fini par capituler devant le chiffre exorbitant que l'ancien maire et ses acolytes avaient inscrit sur une feuille de papier, dans un salon privé du Hilton et qui s'élevait à deux fois et demi leur proposition de départ – Victor porta la main à son cœur.

Toutes les économies d'une vie, devises, actions, obligations, bons du Trésor, etc., allaient y passer. La douche était chaude. À peine allait-il pouvoir sauver quelques louis de cette complète Berezina – d'autant que l'on considérait qu'en sa qualité de père des deux enragés, il serait obligé de supporter la plus grande part du sacrifice financier dont il était question, normal non ?

Ces hommes-là ne plaisantaient pas. Pour les connaître, pour avoir autrefois fait partie des leurs et savoir comment cela fonctionnait, Victor n'envisagea pas un instant de se soustraire aux obligations qui lui incombaient. Il n'avait pas envie de jouer au plus malin. Mieux valait préserver un bien encore plus précieux que l'or. Le temps. Le temps était mille fois plus précieux. Le peu de temps qu'il lui restait. Ne pas le gâcher. Ne pas le passer sur un lit d'hôpital avec tous les membres brisés ou au fond du fleuve avec une bassine de ciment aux pieds. Mais entre les bras d'Irène, si possible. Le temps. Quoi d'autre ?

Quelques jours plus tôt, il se demandait encore quel prix il serait prêt à donner pour une année. Pour une année de vie supplémentaire. Un million d'euros ? À combien estimait-il une journée ?

La question à présent ne se posait plus. Il n'aurait bientôt plus les moyens de se payer quoi que ce soit.

Il avait la nette impression – ce qui n'était pas complètement faux – qu'il s'agissait uniquement d'un affrontement entre son fils et lui. Et la question subsidiaire demeurait celle-ci : à partir de quel moment le fils était-il devenu plus fort que son père ? Quand le pouvoir s'était-il inversé ? Son corps était devenu un fardeau. Il ne pouvait plus espérer aucune revanche. Cette seule pensée l'anéantissait.

Valérie Ardentropp disposait d'une petite somme qu'elle mettait à sa disposition pour lui permettre de remonter la pente une fois ratiboisé. Il avait failli éclater de rire tant le pécule de Valérie lui semblait dérisoire au regard des sommes avec lesquelles il jonglait d'habitude, mais il avait fini par l'accepter et l'avait aussitôt placé après avoir jeté un œil sur le cours du brut.

« Je suis seule. Je n'en ai pas besoin », avait-elle avancé après s'être rongé un ongle – la relation qu'elle avait entretenue avec Bradge durant l'été ne lui avait guère réussi. Sa bouche tombait. Elle n'avait pas besoin de préciser qu'elle était seule. Il se détourna avec une petite grimace de dégoût – comme s'il s'agissait d'une maladie que l'on pouvait attraper. Combien étaient-ils à hurler au milieu du désert ?

Réunir les fonds lui prit quelques jours. Vider ses

comptes lui brisa le cœur. Ses amis banquiers le considérèrent en silence.

« Je vais vendre mon Aston Martin, déclara-t-il à Irène.

— Toi ? Vendre ton Aston Martin ? Toi ?

— Je n'ai pas dit que ça m'amusait. Je déteste cette idée. Je déteste cette idée par-dessus tout. Quoi qu'il en soit, j'ai découvert une chose : je ne suis plus de taille à l'affronter. Je ne suis plus capable de m'opposer à lui. Cette fois, nous y sommes. Je compte sur toi pour me soutenir dans cette épreuve. Vas-tu enfin m'autoriser à réintégrer notre chambre ? Vas-tu faire ce geste ?

— Pardon ? Nous n'en sommes pas là, malheureux... tu veux dire partager le même lit ? Poser ta tête près de la mienne ? Nous bercer de nos respirations ? »

Il en avait assez d'être obligé de l'enivrer pour lui arracher quelques caresses, mais il n'apercevait toujours pas la fin du tunnel.

« Dis-moi la vérité. Est-ce physique ? Est-ce à cause de mon âge ? Suis-je repoussant à ce point ? Si c'est ça, dis-le-moi.

— Il faudrait que je sois folle pour me remettre avec toi, non ? T'accepter sous mon toit ne veut pas dire que nous vivons ensemble. Ne fais pas cette confusion. De là à revivre avec toi, il y a un pas. Un énorme pas. Disons que tu es une sorte d'invité, mais rien de plus.

— Comment peux-tu dire ça ? *Comment peux-tu dire ça ?* Crois-tu que nous avons encore le temps pour ces âneries ? Irène, je t'en supplie, écoute-moi.

— Eh bien j'écoute. As-tu développé de nouveaux arguments ?

— Tu me tues. C'est tout ce que j'ai à te dire. *Tu me tues*.

— Tu es indestructible. Tout le monde le sait, maintenant.

— Ne te moque pas de moi. Ce n'est pas nécessaire. »

Il serra le dossier de la chaise à laquelle il se cramponnait et fit cogner celle-ci sur le parquet en serrant les dents. L'ignorant, Irène continua l'arrosage de ses plantes, tâche dont elle s'acquittait au moyen d'un ustensile au long col qui brillait au soleil et glougloutait. L'après-midi s'étirait. Une légère brume se formait sur le fleuve dont les rives luxuriaient. Des inondations de l'été persistait un parfum douceâtre de mousse et de terre qui s'exhalait plus fortement à la tombée du jour. L'auditorium était déjà illuminé. Steve Reich donnait ce soir-là un concert pour lequel Victor avait pris deux places, mais il se trouvait dans un tel état d'esprit qu'il craignait de n'être pas en état d'apprécier cette musique comme elle le méritait.

« Tu n'es pas obligé de venir. Je peux y aller avec Nicolas.

— Bradge n'y connaît rien. Bradge est un vrai nul en musique. Mais tu as raison, le cœur n'y est pas vraiment. J'ai encore dû abandonner quelques solides positions, ce matin. Une véritable braderie. On m'a appelé pour me demander si j'étais fou. »

Il se caressa le menton. Il revoyait les billets rangés dans les deux mallettes. Son argent. *Son* argent.

Il n'avait pas envie d'aller à un concert. Il n'avait pas envie de sortir. Il souhaitait terminer la journée dans un fauteuil, ne plus bouger. Voilà ce à quoi il aspirait. Méditer sur la nature de la poigne qui enserrait sa gorge. Méditer sur la vanité des pères. Et mettre au point les modalités de la rencontre.

« Je le comprends tout à fait bien, dit-elle.

— Je ne suis pas sûr que tu le comprennes tout à fait bien. Je veux que tu saches que je me réjouissais de cette soirée, tu sais combien j'aime ce type, mais il s'agit du fruit de mon travail, Irène, quoi qu'on en pense. Du *fruit* de mon travail, *putain !*

— Ne parle pas ainsi devant moi, s'il te plaît.

— Oui, oui. Pardonne-moi, pardonne-moi. Tu vois, je suis bien trop nerveux pour assister à un concert. Oui, appelle Nicolas. Ne t'occupe pas de moi. Laisse-moi à mon amertume. Je crois que dans l'état où je suis, Steve Reich me ferait pleurer. Appelle Bradge. Fais-moi plaisir, appelle Bradge. Si je devais te gâcher cette soirée, je me sentirais encore plus mal.

— Prends quelques aspirines.

— Bien sûr. Évidemment. »

Le soir tombait. Le Dr Bradge arriva une heure plus tard – avec ce sourire particulier qu'ont les types qui se sont fait tirer (la peau), légèrement figé –, puis il posa la main sur l'épaule de Victor et l'encouragea à tenir bon.

« Je me mets à ta place. Mon pauvre vieux. Tes propres enfants. Tu comprends pourquoi je reste célibataire ? Est-ce que je peux faire quelque chose ? Tu veux un somnifère ?

— Bonne idée. Un somnifère. Excellente idée. »

Bradge était élégamment vêtu et sortait d'une cure qui l'avait aminci. L'automne venant, il s'était teint en châtain roux et gardait le plus souvent son panama à la main. Il conduisait une décapotable. À entendre Valérie, il aimait par-dessus tout se faire sucer le gros orteil – dément, non ? Ils se connaissaient depuis plus de quarante ans.

Ils se donnèrent une rapide accolade sur le seuil tandis qu'Irène sortait en examinant le ciel étoilé – son merveilleux chignon, pareil à un coquillage de nacre.

Il annonça qu'il allait se coucher de ce pas avec deux Halcion, ou même trois.

Eux démarrèrent et se lancèrent dans la descente. Lui rentra. Il sortit les mallettes du coffre et les ouvrit devant lui. Cet invraisemblable tas de billets de banque. Il resta assis sans dire un mot. L'argent n'était pas une chose qu'il voyait souvent, et surtout pas en de telles quantités. Alors autant en profiter. Durant un instant, il manipula une liasse.

Puis il attrapa son téléphone et tomba sur Édith qu'il n'avait pas vue depuis l'autre fois – depuis la fois où de simples jeunes femmes avaient failli lui coller une correction et où il avait perdu encore un peu plus d'estime de lui-même tandis qu'elles l'alpaguaient et le soulevaient pratiquement du sol pour le flanquer dehors. « Je ne l'oblige pas à venir me parler. Qu'il aille au diable. Qu'il te dise où et quand, c'est tout ce que je veux savoir. »

Pour finir, il dut admettre que son fils n'était pas là et qu'elle ne savait pas où il était ; il crut déceler un vague embarras dans le silence d'Édith, une vague impatience.

Il en déduisit que cette pauvre fille n'avait pas encore pris la mesure du saligaud avec lequel elle vivait. Mais ce n'était pas à lui, Victor, de lui ouvrir les yeux. Il fallait s'appeler Irène pour ne pas avoir vu la vie dissolue qu'avait menée son fils. Ce dépravé, bien connu des prostituées et autres pouffiasses qui sillonnaient la ville. Ce type capable d'égorger père et mère. Elle allait bientôt comprendre son erreur, la pauvre chérie. Mais aussi, personne ne lui avait demandé de réapparaître. Elle ne devait pas venir se plaindre. « Très bien. Dis-lui de me rappeler quand il rentrera. Dis-lui que je tiens à sa disposition l'argent qu'il m'a ignoblement extorqué. Dis-lui que je peux lui céder mon assurance vie s'il le souhaite, ou aller vendre mon sang. »

Il raccrocha. Il y avait un peu de vent sur le balcon. Le jardin frissonnait en contrebas, dans l'air tiède. Ses reins tournaient à l'aigre, une fois encore. Il s'accouda avec précaution à la rambarde et contempla l'horizon d'un œil sinistre.

Élisabeth Dorflinger sortit sur le sien et lui fit signe. Par chance, elle se trouvait un peu loin pour lui faire la conversation. Croyait-il. Avec ce vent. Elle voulait savoir s'il était tout seul. Pourquoi il était tout seul. Ce qu'il faisait tout seul. Et bla bla bla. Encore une que la solitude saisissait à la gorge, songea-t-il en fermant les yeux.

Le mal le plus communément répandu. La moitié de la population était composée de névrosés. La vie était si effrayante, si vide quelquefois. Les plus courageux la quittaient au plus vite avant d'être broyés. Malheureusement, la mort ne voulait pas de lui. La mort l'avait rejeté chaque fois, lui réservant un sort bien plus triste. Il soupira. À quand remontait la simple joie de vivre ? À quand remontait le bonheur d'être en vie ? Il regrettait d'avoir arrêté de fumer. Il regrettait d'avoir cédé à la stupidité ambiante.

« Non merci, Élisabeth, pas ce soir, lança-t-il entre ses mains en porte-voix. Je vais regarder la télé. Tu es gentille.

— Je viens.

— Non, ne viens pas. Je ne t'ouvrirai pas. Reste où tu es. D'ailleurs, je ne vais pas regarder la télé, je vais aller me coucher. Je te conseille d'en faire autant. Nous devons ménager nos forces. *Capiche ?*

— Nos *quoi ?* cria-t-elle en portant la main à l'oreille.

— Nos forces. Quoi d'autre ? Regarde ce que nous sommes devenus.

— Sommes *quoi ?* »

Il lui fit signe d'abandonner le sujet. Se sentit gagné par une vague lassitude. D'un pas titubant, il recula dans l'ombre. « Victor ? Victor, hou hou... » Il ne répondit pas. La ligne de crêtes de la forêt ondulait comme les vagues d'un océan, de noires silhouettes se chevauchant dans un sens puis dans l'autre, tandis que de longs nuages plats filaient devant la lune. Élisabeth Dorflinger avait posé pour des maillots de bain autrefois. Il n'inventait rien. Ses longues jambes dorées, leur chair ferme, son ventre plat, sa poitrine altière, son cou de cygne – William l'avait photographiée sous toutes ses coutures avant de perdre définitivement la tête et de finir dans un sanatorium, à trois heures d'ici, dans ces montagnes que l'on apercevait au loin, des centaines de clichés existaient, une fille assez ravissante quarante ans plus tôt.

Quel être humain normal pouvait supporter ça ?

Il se baissa en gardant le dos bien droit et entreprit de s'allonger sur une chaise longue sans se faire hurler de douleur. Il aurait fallu un palan. Des oiseaux de nuit traversaient le ciel. Le danger était de ne plus pouvoir se relever, mais qu'y pouvait-il ? La machine se déglinguait à tous les étages. Il avait englouti des sommes considérables en crèmes, en massages, en gélules – corail du Pacifique en poudre ou glucosamine à base de carapace de homard pour ses genoux – mais les résultats n'étaient pas probants.

Fallait-il y voir le signe que le temps allait bientôt tourner et que l'on fonçait droit vers l'hiver ? L'hiver, qui apportait son lot de microbes, de baisses de température, de plaques verglacées... que les vieux supportaient moins bien que les autres, et chaque nouvelle année mettait la barre un peu plus haut, jusqu'à la rendre inaccessible.

Irène pouvait le trouver lugubre, ces derniers temps. Il y avait de quoi. Sonia se montrait-elle à la hauteur de ses attentes ? Obtenait-il auprès de sa petite-fille l'attention et l'affection que ne lui accordait pas Irène ? On le taillait en pièces sur tous les fronts. Ses fils le dépouillaient tranquillement. Il manquait quoi ? Que manquait-il pour que son bonheur fût total ?

Une seconde, il envisagea de filer avec l'argent et

d'entamer une nouvelle vie ailleurs, disons en Grèce, à l'ombre d'une bougainvillée et entouré de rafraîchissements.

Il médita longuement sur son sort. Il releva le col de son pull. Comment pouvait-on dire que le plus dur était derrière soi ? Du jardin montait un parfum de vieilles fleurs en sursis. Après s'être gorgée d'eau tout l'été, la terre avait accueilli tout ce qui poussait – tous les jardiniers du coin avaient attrapé des ampoules aux mains. Le mimosa était devenu fou, les hortensias *idem*, les rosiers péroraient sans fin. Tout cela macérait.

Il se disait qu'au pire il pourrait regagner l'intérieur en rampant – après s'être laissé choir sur le sol comme un hareng surgelé. Était-ce la contrariété ? Il avait l'impression que la douleur l'encerclait et refermait son étreinte. Il ne fallait pas bouger d'un cheveu sous peine de rester coincé, comme ce jeune vendeur qu'il avait eu autrefois et qui avait passé trois jours sur le carrelage de sa cuisine à cause d'une hernie discale, tétanisé. Était-ce l'accumulation de ses déconvenues ?

En tendant le bras, il s'agrippa au pied du parasol et se rapprocha du minibar. Après quelques contorsions, il s'empara d'une bouteille d'eau plate et avala deux grammes d'aspirine tamponnée – ses rêves étaient ordinairement ponctués de gestes qu'il ne pouvait effectuer, de cibles qu'il ne pouvait atteindre, de pieds plombés, de bras trop courts et il se réveillait en sueur et ne parvenait guère à se rendormir.

L'aspirine le rendit plus léger. Le temps passa, sans réelle consistance. Il ne pouvait pas bouger mais son esprit vagabondait. Il n'y avait plus de lumière chez Élisabeth. Il devait être assez tard. Minuit passé ? Une heure du matin ? La fraîcheur s'était installée, s'était glissée dans les ténèbres. Tant qu'il ne bougeait pas, il ne souffrait pas. Et il profitait du ciel, de son champ étoilé, buvant son eau minérale par petites gorgées précautionneuses.

Puis il les entendit rentrer. Il avait le choix entre leur signaler sa présence ou prier pour qu'ils ne viennent pas faire un tour sur la terrasse où il agonisait lamentablement.

Il ferma les yeux, serra les dents. Par chance, il se trouvait au cœur de l'ombre, dans le recoin formé par une saillie du mur et quelques buissons en pot, si bien qu'il se trouvait hors de vue. Aussi longtemps qu'ils resteraient à l'intérieur.

La puérilité de sa conduite le frappa aussitôt, mais il était trop tard. Son moi profond avait choisi d'échapper à l'humiliation. Rien ne pouvait le pousser à se montrer dans cet état. S'il était pris, bien sûr, l'humiliation serait double, mais avait-il été en état de réfléchir ? S'il était pris, il demanderait au ciel de le griller sur place, de le réduire en cendres, de le faire disparaître. Il se mordit les lèvres. Son cœur battit plus fort.

Irène ouvrit la baie en riant – un rire de gorge : « Non seulement vous êtes mon médecin, mais vous êtes mon ami, Nicolas. Que vous dire de plus, Nicolas ? Ça vous étonne ?

— Où est Victor ? Est-ce qu'il dort ?

— Ne vous occupez pas de lui. Pour une fois. Ne vous occupez pas de lui. »

Victor avait enfoncé son cou dans ses épaules au premier pied que les deux autres avaient mis dehors. Il avait bloqué son souffle, son visage s'était renfrogné dans l'attente d'une main qui allait le secouer, le trouvant là, si pathétique, si misérable.

Il ouvrit les yeux, interloqué. Se contenta de fixer la voûte céleste tandis que les quelques phrases qu'il venait d'entendre lui tournaient encore dans la tête. Il n'avait pas besoin de regarder les deux autres pour savoir qu'ils se tenaient contre la rambarde et fumaient des cigarettes sans avaler la fumée.

« Ne faites pas l'innocent, Nicolas. Ne me prenez pas pour une idiote.

— Mais Irène, ça ne date pas d'aujourd'hui. Mon Dieu, ça fait quarante ans que je vous trouve désirable, vous le savez bien.

— Alors quoi, Nicolas ? Alors quoi ? »

Victor sentit que son corps se changeait en pierre. Respirer ? Il n'y songea même pas.

« Ai-je des comptes à lui rendre ? reprit-elle. Vous le pensez ? J'aimerais savoir si vous le pensez.

— Non, Irène. Bien sûr que non. Le problème n'est pas là.

— Prenez-moi dans vos bras. Ne faites pas tant d'histoires. »

Victor déglutit. Serra les poings en esquissant une grimace douloureuse, déconfite.

« L'amitié n'est plus suffisante, Nicolas. Aujourd'hui l'amitié ne suffit plus. Il s'est passé trop de choses. Il n'y a pas d'autre choix que s'adapter, Nicolas, que d'intégrer les nouvelles donnes. C'est une nécessité, vous voyez. Je dois dresser un rempart entre lui et moi. Je dois accorder mes actes à mes pensées.

— Irène... je suis à la torture. Je suis déchiré. Mais je ne peux pas lui faire ça.

— Vous m'avez malaxé les seins pendant une heure, vous l'avez oublié ?

— Une mammographie, Irène. Il s'agissait d'une mammographie. Nous étions à mon cabinet, il me semble.

— Je sais ce qu'est une mammographie, Nicolas. »

Avec les courants d'air, Victor avait les yeux qui pleuraient.

Pour finir, demeuré invisible, il passa la nuit dehors. Au matin, il appela la femme de ménage à la rescousse, d'une voix bien enrouée.

5.

Victor Sollens fit la connaissance de Paul, l'ex-mari d'Édith, par le plus grand des hasards. En arrivant avec ses mallettes pleines de billets.

Il gara l'Aston Martin devant la maison du plus détestable de ses deux fils, coupa le contact, resta un moment sans bouger, les yeux baissés, battu à plate couture et extrêmement plus léger, financièrement parlant. Il faisait bon, le soleil jaillissait comme d'une pomme d'arrosoir à travers le feuillage. L'heure du déjeuner allait bientôt sonner mais il n'avait pas faim. Marc allait lui couper l'appétit, semblait-il, pendant un moment.

Puis un type frappa à la vitre et Victor eut le réflexe d'enclencher le verrouillage des portières – le nombre de types éjectés de leur siège par des malfrats était hallucinant, surtout les grosses cylindrées. Pour plus de sûreté, il s'apprêtait à saisir son pistolet d'alarme lorsque le visage de l'homme qui gesticulait sur le trottoir se mit soudain à lui dire quelque chose.

Effectivement. Paul. Paul avec vingt ans de plus.

D'accord. Ce garçon qui faisait partie de leur bande, qui passait parfois à la maison. Oui, effectivement.

« Paul, comment ça va, mon garçon ? Dis-moi, tu as l'air en forme.

— Je sais pourquoi vous êtes là. Édith m'a raconté. Excusez-moi, mais Marc est à vomir.

— Ne t'excuse pas. Je ne me sens pas blessé par l'opinion que tu as de lui. Ce genre de fils, tu peux vomir dessus autant que tu veux.

— Écoutez, est-ce que je peux vous parler ?

— D'accord, mais pas longtemps. »

Des pétales de lumière pure flottaient sous les frondaisons, le fleuve scintillait au fond des jardins.

« Il se trouve que je le sais parce que ma cousine en est. Je le suivais et je suis tombé sur elle et elle me dit : *Tu ne sais pas qui a rejoint notre groupe ?* Et c'est là qu'elle m'a tout raconté et je peux vous dire que Marc a un sacré problème. Je ne sais pas, vous pensez qu'il a envie de l'ébruiter ? Que tout le monde le sache ? »

Victor était-il étonné ? Non. Pas réellement. Ça ne l'étonnait pas réellement. Autant qu'il en savait, Marc avait la réputation d'un noceur, d'un type qui fréquentait les coins chauds de la ville, les fêtes en appartement. Donc, il ne fallait pas s'étonner. Il n'y avait jamais de fumée sans feu. Qui savait ce que Marc avait fabriqué pendant tout ce temps-là. Cette infâme crapule. Un type qui spoliait si sauvagement son père ne pouvait pas être un saint.

« Ça serait mauvais pour son commerce, non ? » reprit Paul.

Son idée était de parvenir à un arrangement entre

les parties. Il pensait à trois sommes égales. Victor avait envie de se laisser tenter, ils se tenaient mutuellement, de sorte que mieux valait régler ça au plus vite plutôt que de perdre son temps. Avec un peu de chance, il pourrait garder l'Aston Martin.

Paul avait pris une chambre dans un hôtel de la périphérie et il proposait de choisir cet endroit comme lieu de rendez-vous pour une table ronde – l'endroit était calme, ils pouvaient se mettre dans le patio et parler peu mais parler vrai, dans un environnement verdoyant.

« Ne prenons pas de gants avec lui. Quel discours ? *C'est comme ça et pas autrement.* Voilà le discours. Voilà le seul langage qu'il comprend. Ça, de ce point de vue, il n'a pas changé. »

Victor opina. « On devient la caricature de soi-même en vieillissant.

— J'en sais rien... mais je lui conseille de pas pousser, de ne pas franchir certaines limites... je regrette d'avoir à dire ça, vous savez, mais je tiens à être franc avec vous, je ne vais pas vous cacher que je l'ai assez mauvaise contre lui. J'ai eu affaire à un vrai mur. Mais nous avons été amis autrefois, plus ou moins amis, et c'est au nom de cette amitié que je lui accorde une seconde chance de m'écouter. Il n'y en aura pas une troisième. Faites-lui bien passer le message. »

Il marqua une pause. Puis il se tourna vers l'arrière, baissa les yeux sur les deux mallettes qui occupaient le siège avant de reprendre sa position initiale en fronçant les sourcils vers la route. « Tant qu'il n'aura pas intégré qu'Édith était libre et qu'elle m'a choisi, moi, plutôt que lui, que ça lui plaise ou non, tant qu'il en sera là, il se comportera comme un attardé mental, monsieur, sauf votre respect. »

Une heure plus tard, Victor observa le visage de son fils que la colère faisait briller. Ils se tenaient dans le jardin, Victor avait posé une fesse sur la table et Marc était tourné vers le fleuve, bras brutalement croisés. Les eaux miroitaient dans un silence foudroyant.

C'était sûr. Victor se mettait à la place de son fils. Baisé à son tour. Fulminant sur place. Le pauvre petit.

Ne voyant rien venir, le vieil homme se leva et entreprit de compter les liasses de billets qui revenaient à son fils – mais ne représentaient plus qu'un tiers de la somme initiale en raison de nouvelles dispositions qu'il serait fastidieux de re-exposer ici. L'analyse de Paul s'était révélée juste : Marc ne tenait pas à faire publiquement état de certain problème personnel.

« Pour du vol, c'est déjà *bien* payé... » songea Victor en empilant les grosses coupures sur la table en époxy qui les séparait.

« Tu vas pouvoir faire un don aux Sexoliques anonymes, déclara-t-il, avec tout cet argent dont tu me dépossèdes. »

Il put alors observer une chose. Dont bien sûr il se doutait mais dont il désirait avoir la confirmation et il ne fut pas déçu. En fait, il y avait donc bien un moment où un fils ne considérait plus que maltraiter son père constituait un tabou. Il fallait le savoir.

Ainsi Marc à ces mots fit-il le tour de la table et empoigna-t-il Victor de ses deux poings, par son Lacoste, et le tira-t-il vers le haut, le soulevant à moitié de terre. Et Dieu, quelle sauvagerie Victor ne détecta-t-il pas dans le regard de son fils cadet, ce misérable sexolique, ce parfait dégénéré, quelle *envie de meurtre* ne vit-il pas briller au fond de la pupille de son infâme rejeton. Stupéfiant. Hallucinant. Effrayant. Révoltant.

Étouffant à demi, les poings de son fils écrasant les vieux os de sa cage thoracique, il se demanda jusqu'où Marc allait aller – et la curiosité était si forte qu'il ne songeait même pas à se tirer de ce mauvais pas et en éprouvait presque une joie malsaine. Être dévoré par la bouche qu'on a nourrie. Suprême récompense.

Son polo allait être bon à jeter. Il se demanda s'il allait pouvoir afficher un horrible œil au beurre noir durant une bonne quinzaine. Pas besoin de banderoles, ni d'affiches, ni de déclarations pour montrer à quelle espèce de furieux ingrat on avait ainsi affaire.

Pour finir, Marc le lâcha – Marc dont les lèvres avaient tremblé mais dont rien n'était sorti – et Victor put enfin respirer et remettre sa tenue en ordre autant que faire se pouvait – au moins avait-il eu le bon réflexe de ne pas avoir consacré tout son temps à une famille dont la principale activité semblait consister désormais à le décevoir et même à lui régler son compte.

Il ricana en silence tandis que Marc mettait la main sur la mallette comme le dernier des voyous, comme un pâle voleur de grands chemins. « Ne te gêne pas, grinça-t-il. Bafoue donc les règles les plus élémentaires. Allez, casse-moi la gueule et jette-moi dehors après m'avoir dévalisé. Montre-toi tel que tu es, répugnant personnage. »

Il s'avéra que Marc tenait à remettre la part de Paul en main propre – ce qui n'enlevait rien, fondamentalement, à la laideur de ce deuxième fils. Sous leurs pieds, un épais et luxuriant gazon formait une sorte de duveteux matelas qui poussait bien plus rapidement que d'habitude et le danois d'à côté, modèle unique à présent, s'y roulait sans retenue, grognant de plaisir, hennissant – oubliant apparemment un peu vite le sort fatal qui avait échu à son congénère quelques jours plus tôt et dont l'odeur de steak grillé semblait planer encore dans les parages, mêlée à celle du foin.

Oubliant un instant leurs désaccords, les deux hommes se tournèrent vers la maison des Damanti et saluèrent fraîchement Marga qui les observait de son balcon, chaussant de larges lunettes noires qu'elle ne semblait plus quitter depuis un moment.

Victor était au courant. Et sur ce point, sur la nécessité d'établir un cordon de sécurité autour de Sonia, il était d'accord avec Marc, malgré qu'il en eût. Que son fils fût un obsédé sexuel était une chose – peu ragoûtante en soi –, mais qu'il faillît à la vigilance qu'un père se devait d'exercer sur sa fille en était une autre que Victor n'aurait pu accepter. Que Marc fût un obsédé et un sale petit voleur pouvait encore passer, mais pas ça.

Or, ce n'était pas le cas. Marc n'était pas encore tombé aussi bas. Victor le constatait. Il suffisait de regarder Marga Damanti – de l'observer tandis qu'elle s'installait dans une chaise longue à raies rouges – pour comprendre que Marc n'avait pas tort de s'inquiéter des relations qu'une créature de ce genre entretenait avec Sonia. Bien sûr que Marga Damanti faisait peur, bien sûr. Il fallait rester vigilant.

« Rien ne t'empêche d'ouvrir l'œil, déclara Marc. Ce qui nous occupe toi et moi ne doit pas t'empêcher d'ouvrir l'œil.

— Crois-tu que tu aies besoin de me le dire ? Pour qui me prends-tu ? Je considère ça comme une insulte.

— Considère ça comme tu veux. En attendant, tiens-moi au courant. C'est ton devoir de grand-père. Faisons-lui comprendre qu'elle doit garder ses distances. Si elle ne comprend pas, j'irai lui parler. »

Marga claqua des doigts. Le danois qui restait s'aplatit à ses pieds en gémissant. Tremblant comme une feuille. Victor échangea un coup d'œil avec son fils.

Un assez long coup d'œil.

« J'espère que tu te souviendras d'avoir levé la main sur moi, finit-il par lâcher. J'espère que tu te souviendras de ce haut fait.

— Écoute, ça ne me pose pas de problème particulier. Tu as fait en sorte que ça ne m'en pose pas. Je suis ton œuvre.

— Disons demain à la même heure. Est-ce que ça te va ? Tu as l'adresse de l'hôtel. Nous serons tranquilles dans le patio. À l'ombre des palmiers.

— Je ne t'ai pas frappé, il me semble. De quoi

devrais-je me repentir ? Combien de fois nous as-tu laissés tomber, David ou maman ou moi ? Combien de fois as-tu merdé avec chacun d'entre nous ? Est-ce que tu te moques de moi ? Est-ce que tu te *moques de moi* ?

— Quand tu en auras fini avec les Sexoliques, je te conseille de voir un *psychiatre.*

— Plus rien venant de toi ne peut désormais me blesser. Au fond, je regrette de t'avoir évité ce procès. Qu'est-ce qui m'a pris ?

— Je peux te dire ce qui t'a pris.

— Non, tu n'en sais pas suffisamment sur moi. En tout cas, continue de veiller sur elle aussi souvent que tu en auras l'occasion.

— Tu n'as pas besoin de me le dire. Je tiens à elle comme à la prunelle de mes yeux. Bon. Si tu n'as rien à ajouter, je m'en vais. En tout cas, prends soin de mon argent. J'ai eu du mal à le gagner. »

Récupérer une partie de son argent ne fut pas suffisant pour modifier l'humeur de Victor dont la couleur était à la morosité. La proximité de la mort faisait que rien ne pouvait s'arranger et cette pensée ne le quittait pas, ou rarement – quand par exemple il assistait aux manœuvres d'Irène pour se jeter au cou de Bradge, cet enfoiré de Nicolas, auquel cas son attention était détournée, ou quand il rendait visite à Sonia... mais l'image de la mort revenait sans arrêt, si bien qu'il ne souriait plus guère, et sûrement pas pour de l'argent.

Il se surprenait à conduire prudemment. Quelle misère ! Mais d'un autre côté, la lumière incitait à musarder le long des larges avenues, à rouler presque au pas sur l'allée qui longeait le fleuve, sous un véritable tunnel de verdure au travers duquel perçait un soleil encore vif, au poudroiement doré.

Irène avait décidé de lui en faire baver, elle aussi. Mais d'une manière bien plus cruelle. Il en était absolument conscient. Des pétales de lumière glissaient sur le capot avant et transperçaient le pare-brise. La vengeance d'Irène était terrible – dans le genre de ce qu'il avait craint, elle allait le crucifier, le tromper avec son meilleur et unique ami. La pire des épreuves.

Bradge avait résisté, mais combien de temps allait-il tenir le coup si elle mettait le paquet ? Jusqu'à quand tiendrait-il ?

L'avenir menaçait d'être pénible. Il la surprenait parfois, ruminant à son égard, et rien dans ce qu'il voyait n'incitait à l'optimisme. Elle n'aurait de cesse de l'éreinter. Il devait s'y préparer. Il se gara devant le meilleur chocolatier de la ville – appelons-le X pour ne pas faire de jaloux, ils sont si timorés – et se fit préparer un assortiment de ceux que préférait Sonia – sans oublier les macarons d'Odile dont il convenait de s'assurer l'estime plutôt que l'inverse quand on souhaitait être cordialement accueilli dans les lieux.

À cette heure, les gens sortaient des bureaux et se jetaient sur les berges ensoleillées comme la pauvreté sur le monde. Dans les rues adjacentes, des Grecs préparaient des sandwiches, des Italiens des pizzas, des Chinois des nouilles et de la soupe et les gens se nourrissaient et reprenaient des forces avant d'attaquer une demi-journée supplémentaire qui presque à coup sûr les achèverait – certains, devant cette langueur, pensaient que l'on payait encore les mauvais effets de l'inondation. Des hommes en veston restaient couchés dans l'herbe grasse, les bras en croix. Des femmes envoyaient des SMS à leurs amants puis fermaient les yeux.

Il avait droit à une visite hebdomadaire. Rien d'officiel, mais le rythme semblait convenir – et les chocolats coûtaient cher mais ils étaient puissants comme du poison et les macarons faisaient tomber à la renverse. Parfois, il réduisait la semaine à cinq jours sous un prétexte ou un autre ou passait en coup de vent et les filles semblaient n'y voir que du feu, du moins n'avait-il encore jamais senti de fatigue de leur part quant au fait d'avoir à le supporter un peu trop souvent.

Ces pauvres filles. Le vrai fardeau, bien sûr, s'appelait Joël, et là, il ne pouvait guère intervenir. Il n'était d'ailleurs pas permis de discuter sur le sujet, elles avaient une *mission.* Rien moins qu'une *mission.* Ces malheureuses filles. Et elles ne voulaient pas en démordre, à croire que leur propre vie en dépendait, à croire que l'estime de soi devenait soudain la chose la plus convoitée du monde et que se débarrasser de Joël les conduirait droit en enfer – et se débarrasser de Joël ne signifiait pas le trucider, loin de là, quoi qu'elles en pensaient, mais l'installer dans un endroit approprié dont Victor lui-même aurait assumé les frais si nécessaire, en tout cas haut de gamme, mais c'était *niet !* L'incapacité de penser était sans doute liée à cet âge.

Quoi qu'il en soit, le type ne valait pas cher. Il se servait encore – malheureusement – de ses bras et c'était tout. Mais le plus abîmé était encore sans doute son humeur, son humeur irrémédiablement emportée vers les ténèbres du désespoir. Ce qui lui donnait la main leste.

En plus des friandises, Victor permettait aux filles de souffler un peu tandis qu'il embarquait Joël dans une partie d'échecs qu'il compliquait à plaisir. Le garçon fumait, buvait, éructait dans son fauteuil et par exemple Sonia redescendait en peignoir, les cheveux encore mouillés, coiffée, visiblement détendue et il avait alors droit, quand elle passait près de lui, à un clin d'œil complice et reconnaissant qui le mettait en joie pour le restant de la journée.

Il les aidait comme il pouvait. Pas si souvent qu'il le désirait au regard du peu qu'il lui restait à vivre – ce reste qui ne souffrait aucun projet d'envergure – mais suffisamment pour que Sonia s'aperçoive qu'elle avait un grand-père attentionné, désireux de rattraper le temps perdu.

Il les aidait à remplir différents papiers, rapportait les DVD au vidéoclub, lançait des morceaux de sucre au jeune obèse, dans l'arbre voisin, qui passait son temps à les espionner, répondait au téléphone lorsqu'elles étaient occupées, écoutait ce qu'elles avaient à dire.

Non qu'il y comprît grand-chose. L'important était d'être auprès d'elle, d'être là sans trop se faire remarquer. L'important était la vibration dans l'air.

Elle lui ouvrit en larmes. Ce n'était pas la première fois. Joël devenait foncièrement irascible.

Victor aperçut le bougre dans le jardin, le visage renversé sous une canette de bière dont la moitié du contenu se déversait en moussant dans sa barbe. Il embrassa Sonia sans faire de commentaires, ainsi qu'ils en étaient convenus une bonne fois pour toutes.

Il lui conseilla de manger un chocolat et de mettre de la glace sur sa joue.

De la partie du salon où Joël avait installé son lit et ses quartiers provenait une odeur de fromage rance, d'urine et de tabac froid parfaitement détestable. Il toucha l'épaule de Sonia en hochant la tête. Elle savait ce qu'il pensait de cette situation, il était inutile d'y revenir. Soit. Il ne voulait pas avoir l'air de lui donner de leçons. Le temps qui restait imparti était trop court. Odile, visiblement, avait plutôt reçu un coup dans le ventre et restait pliée en deux tout en faisant signe que ça allait tandis que l'autre en profitait pour descendre une nouvelle canette qu'il se pressait comme un pamplemousse au-dessus de la bouche.

La séance avait dû être chaude. Pourquoi s'étaient-ils chamaillés ? Mystère. Joël s'enflammait à la moindre étincelle.

« Je ne te fais pas mes compliments, lui annonça Victor.

— Toi, tu *fermes ta gueule !* » répondit Joël.

Tôt ou tard, il faudrait l'enfermer, songea Victor, ou au moins l'attacher aux barreaux du lit eu égard à la tournure que les événements prenaient dans cette maison. Ce pauvre gars retournait tout simplement à l'état sauvage. Une espèce de punk. Pas loin. À une ou deux reprises, consolant sa petite-fille, ulcéré, Victor avait failli faire appel à des amis à lui pour conduire Joël de force dans une clinique, ou encore même au cimetière s'il résistait.

Josianne les avait prévenus. Son expérience de vie avec un handicapé la rendait incontournable et elle, donc, les avait prévenus que tout irait de mal en pis et qu'on entendrait ses dents, pas les siennes, celles de Joël, grincer. Absolument. Ses dents grincer. Celles de Joël.

Elle parla des oiseaux morts, des souris décapitées, des grenouilles que son ancien mari lançait contre sa fenêtre et tout le monde autour d'elle grimaça, chacun put mesurer la profondeur du gouffre qui se profilait à l'horizon et la soirée se termina en prises de têtes. Sonia refusa de se joindre à une réunion de famille qui aborderait un tel sujet. En petit comité, dans le jardin d'Irène, David évoqua discrètement la fin de l'histoire qui s'était terminée par le plongeon de feu Robert Clinnechet par-dessus le bastingage à la suite d'un combat épique et il en profita pour s'étonner qu'un handicapé lui posât à nouveau problème.

« C'est moi qui ai un problème, David, déclara Marc. Ne te mêle pas de ça. »

David acquiesça. Il était parfaitement disposé à ce qu'on lui enlève une épine du pied, à ce que d'autres se chargent du sale boulot tandis qu'il restait tranquillement chez lui à écouter *The Gulag Orkestar* de Beirut avec un casque. Il préférait nettement ça.

Sur le chemin du retour, il évoqua la possibilité de le bourrer de médicaments qui l'assommeraient mais

Josianne refusa de les lui fournir pour des histoires de déontologie.

« Inutile de me regarder comme ça, fit-elle. Je ne peux pas.

— Ne dis pas que tu ne peux pas. Dis que tu ne veux pas. »

Avec un crissement de pneus, la Mini Cooper tourna dans Sainte-Élisabeth et remonta vers le centre. Sans doute s'aimaient-ils. Enfin sans doute éprouvaient-ils de forts sentiments l'un envers l'autre, mais le mensonge de Josianne restait en travers et alimentait une certaine tension entre eux. Il fallait voir comment elle conduisait, parfois, en pleine ville, pour quelques paroles échangées avec lui, comme si elle prenait du speed. Elle avait quelquefois l'impression qu'il agissait ainsi pour l'empêcher de réellement entrer chez les Sollens, de faire partie de la famille et le simple fait d'effleurer cette pensée la mettait dans un tel état de rage impuissante que les gens avaient intérêt à se garer, même sur les trottoirs.

Ils se suivirent dans l'ascenseur – une série de miroirs qui multipliaient leurs sombres mines et n'aidaient pas à la réconciliation bien que l'engin eût été l'hôte de scènes vraiment touchantes à défaut de confortables.

« Tu as entendu ce qu'a dit Marc. Ne te mêle pas de ça.

— Josianne. Il s'agit de ma nièce. Mon sang coule dans ses veines.

— Elle a un père. Ce n'est pas toi, son père.

— Exact. Tout à fait exact. Loin de moi cette

idée. Mais est-ce une raison pour m'en désintéresser, je ne crois pas. C'est ma nièce. Je n'ai de comptes à rendre à personne. »

La porte de l'ascenseur s'ouvrit. Ils s'engouffrèrent dans l'appartement. Josianne en tête, David sur ses talons, jetant son blouson dans un coin.

« Et c'est toi qui refuses de l'aider. Après ce que tu as vécu, justement. Tu refuses de faire un geste. Sachant comment les choses vont se terminer.

— Je ne peux pas faire ça, désolée. Je sais, mais je ne peux pas faire ça. Moralement, je ne peux pas.

— *Moralement ?* »

Tandis qu'elle prenait possession de la salle de bains, il se déshabilla et se mit en tenue pour courir.

« Mais encore une fois, lança-t-il, j'aimerais que tu m'expliques comment je fais pour me diriger dans le noir et parvenir jusqu'à la salle de bains sans te réveiller. Comment un homme pourrait-il avoir ce genre de pouvoir ? »

Courir au crépuscule, une fois que l'on avait réussi à atteindre les bords du fleuve où l'on avait réaménagé les sentiers et redessiné les pistes, représentait une vraie bénédiction. La tombée de la nuit exhalait toujours un parfum particulier et le silence enflait à mesure que la lumière baissait, puis sifflait aux oreilles.

Un peu plus tôt dans l'après-midi, Marc l'avait entretenu du contretemps survenu avec l'argent dont Victor n'avait pu réunir la totalité, mais son esprit était déjà ailleurs. Il n'avait écouté son frère que d'une oreille, n'avait pas été fichu de noter une différence entre le nouveau rouge de Béa et l'ancien – ce qu'elle n'avait que très modérément apprécié – et avait passé le plus clair de son temps dans un état second.

À cause d'Édith. Directement et indirectement. Indirectement dans la mesure où il s'agissait de Sonia, des dernières mésaventures de Sonia avec son gorille hémiplégique. Insupportable, ça devenait insupportable, Joël semblait balancer des gifles à tort et à travers et personne ne faisait rien. Et quant à lui, il était sommé de ne rien faire. Il se disait que la folie était à son comble.

Courir au crépuscule, quand la fraîcheur venait, vous remettait un homme d'aplomb. Pour lui, courir était une sorte d'obligation – et il fallait convenir que les rives constituaient un merveilleux parcours dont les multiples tracés garantissaient le calme et même la plus grande solitude à mesure qu'on s'éloignait en compagnie du fleuve ou qu'on le remontait de l'autre côté des appontements – un poil sinistre. Courir était un bon moyen d'évacuer les pensées inutiles et de se concentrer. Tandis que le corps était lancé, tandis que le corps fonctionnait comme une machine. Comme un énorme piston. Sans parler de cette fantastique impression de nettoyage intérieur, d'extraordinaire blancheur.

Traverser le Lafayette au crépuscule était comme de passer dans un autre monde en empruntant une arche d'acier lumineuse. Il convenait de s'y arrêter pour admirer un instant le spectacle des flots argentés qui descendaient de l'horizon ou bien fumer une cigarette si l'on faisait encore partie de ces dingues ou s'envoyer une ligne sur la rampe métallique – à condition qu'il n'y ait pas de vent – si on en pinçait pour le Land Art.

Courir au crépuscule. Traverser le Lafayette. La maison était de l'autre côté. Un peu sur les hauteurs. Autrefois, elle représentait le centre du monde. La maison où elle habitait. La maison où habitait Édith. C'était une chose qu'il ne pourrait oublier. Combien de fois avait-il gravi cette colline ? Sous un ciel radieux ou noirci de sombres nuages, bref, par à peu près tous les temps ? Cette maison avait été au cœur de bien des choses *et le restait. Et le restait.*

Il sautilla sur place. Entre les reflets, le fleuve était d'un noir intense. Il respira profondément. Cette histoire de rentrer dans le noir, sans possibilité d'allumer la moindre lumière, le contrariait. Pourquoi lui faisait-elle ça ? Était-ce le meilleur moyen d'aborder les difficultés que leur union connaissait ? – sans que le feu fût dans l'escalier, c'est entendu, mais on avait connu leur couple en meilleure forme, en tout cas moins tendu.

Il songea à lui faire livrer des fleurs puis reprit sa course. À quarante et un ans, il avait encore une bonne foulée et ses tests d'endurance étaient bons. Il y fut vite rendu. Cette maison. Cette sacrée maison. Quelques mois plus tôt, en y entrant de nouveau, il avait parfaitement reconnu le grincement de la porte – certaines choses étaient demeurées d'une pureté sans nom, comme prises dans la glace.

À présent, le salon était encombré par tout le bazar de Joël. Ce n'était plus pareil. Les images revenaient moins facilement.

Il demanda la permission d'aller prendre un verre d'eau dans la cuisine. Odile épluchait des courgettes.

« Je crois que c'est la première fois que je te vois éplucher quelque chose », dit-il.

Elle haussa les épaules. Elle aussi semblait fatiguée. En moins de deux saisons, Joël avait littéralement lessivé les deux filles. L'hiver allait vite arriver, et si rien n'était fait, il faudrait les perfuser. Il vida son verre, le rinça.

Sonia l'invita à partager le paquet de chips qu'elle venait d'ouvrir mais il préféra s'offrir l'un de ces délicieux chocolats que Victor apportait régulièrement, une très fine ganache enrobée de pralin. Joël se trouvait dans le jardin avec un tuyau et il arrosait les jasmins qu'Édith avait plantés – avec son aide, exact – à la fin du printemps et qui avaient doublé de taille.

« J'adore Beirut, fit-il sans quitter Joël des yeux. *After the Curtain,* peut-être ? Bien que le *Gulag* demeure grandiose. Je ne te remercierai jamais assez. »

À présent, elle n'hésitait pas à l'embrasser sur la joue lorsqu'il se montrait sympa et sans qu'il demandât quoi que ce soit. Ce genre de baiser le paralysait durant quelques secondes – mais personne d'autre que lui ne semblait s'en rendre compte.

C'était sans doute la première fois qu'il parlait à une fille de vingt ans et il n'y avait pas de mode d'emploi. C'était juste fascinant. Complètement fascinant. Il aurait pu s'asseoir et simplement la regarder. La fille d'Édith.

Comment était-ce possible ? Comment un tel prodige était-il possible ? Comment l'autre crapule osait-il faire ça, lever la main sur elle, ce demeuré, ce nullard aux échecs ? Les types en fauteuil avaient-ils lancé une *fatwa* contre lui ? C'était grotesque, bien entendu, mais il avait la réalité sous les yeux, ce gars avec son tuyau, ça recommençait, ça recommençait – ce monde, il fallait finir par accepter de ne pas vraiment comprendre comment il fonctionnait.

Qu'un premier se fût aplati sur la chaussée après avoir basculé dans le vide n'allait pas le dispenser d'avoir affaire à un second. Aucune expérience ne vaccinait contre la suivante, fût-elle apparemment identique. Ses oreilles bourdonnaient. Il n'y avait pas moyen de discuter avec Joël. Sa rancœur était trop forte. Impossible de le raisonner. Parler était inutile.

Marc avait alerté les parents. Très bien, ils allaient venir. Ils avaient besoin de quarante-huit heures. La nuit sembla fraîchir tout à coup, la sueur de son tee-shirt le glaça. Il fit quelques pas dans le jardin tandis que les filles à l'intérieur vaquaient à leurs travaux. La nuit était assez claire mais ne le serait pas suffisamment pour éclairer son trajet jusqu'à la salle de bains. Il se sentit contrarié. Car de quoi aurait-il donc bientôt envie sinon d'un bon lit, de se blottir contre Josianne après s'être longuement douché et frotté avec un gel douche qui promettait réparation et détente – sauf s'il la réveillait.

Il planta le sécateur dans la poitrine de Joël moins d'une seconde après avoir avisé l'objet sur le muret, entre des gants de jardinier et une petite scie d'élagage. Avec force. À toute volée. Du jardin voisin, en provenance des feuillages, retentit alors un cri étouffé aussitôt suivi par une sorte de dégringolade à la vitesse grand V.

6.

Nicolas Bradge – médecin et ami de la famille – prit les choses en main. L'idée de *tsunami,* par les temps qui couraient et les images diffusées *ad nauseam* sur les chaînes télévisées, venait aussitôt à l'esprit. La famille Sollens avait été ravagée. Une énorme vague était passée. Ils étaient encore vivants, bougeaient, se déplaçaient, etc., mais au fond, leur âme était restée clouée sur place. La terreur les avait changés en statues, l'horreur les avait figés dans la position où la nouvelle les avait surpris, l'abominable masse ténébreuse les avait submergés, enfin bref, les Sollens offraient un parfait spectacle de désolation.

Ils refusèrent tout soutien psychologique, comme cela se pratique habituellement, par exemple à la suite d'un attentat, quand les gens sortent de la poussière, hébétés, mais ils avaient tort de repousser la main qu'on leur tendait. Ils n'étaient ni plus malins ni plus forts que les autres.

Joël était de nouveau dans le coma. C'était tout ce qui manquait. L'arbre s'était abattu sur la maison. Aucune charpente n'avait résisté.

Alerté dès les premières heures, Nicolas Bradge s'était mis au service de tous afin d'amortir le choc et il avait distribué calmants et somnifères autour de lui avant que la réalité ne devienne insupportable. Sonia était choquée, Josianne était effondrée. Quand il finit par obtenir des nouvelles de David, il sauta dans sa voiture et on lui accorda la permission de le voir une minute – il serra dans sa main l'épaule de Marc dont le visage avait viré au gris en voyant son frère ficelé dans une camisole.

Ensuite, après qu'ils virent David sombrer dans l'ombre d'une forte dose de tranquillisants, Bradge prit l'initiative de faire un détour par la mairie afin d'avoir un entretien avec l'avocat et d'étudier avec lui les moyens d'obtenir le maximum de discrétion sur cette malheureuse affaire qui ressortissait à un acte de pure démence – et Bradge pouvait d'ores et déjà présenter une décision d'internement à verser au dossier. L'avocat et lui échangèrent un regard lourd de sens tandis que Marc arpentait le bureau de Vincent Delborde de long et en large, se passant une main nerveuse dans les cheveux ou la plaçant devant sa bouche avec une expression réellement grimaçante.

« Je me mets à sa place, fit Vincent à voix basse. Ouille ouille ouille. J'en ai la chair de poule, Nicolas. J'en ai les poils des bras qui se hérissent. Est-ce que David est foutu ?

— Est-ce que David est foutu ? » Bradge se donna le temps de réfléchir. « En tout cas, Joël est mal en point. Je ne lui donne guère de chances.

— C'est une putain de sale histoire, Nicolas. Laissez-moi vous le dire.

— Ils sont tous effondrés. Vous verriez ça. L'épouvante sur leur visage.

— N'en dites pas plus, Nicolas, je vois tout à fait le tableau. Écoutez, je vais faire tout ce qui est possible.

— Vous êtes le maire, Vincent. Vous êtes le maire. Évitez-leur le scandale. La démence de David au moment des faits est amplement prouvée. Point à la ligne. David n'avait pas conscience de ses actes. Qu'on n'essaye pas de revenir là-dessus.

— C'est moche de chez moche, non ? » fit l'avocat.

Un sentiment que chacun partageait à des degrés divers.

Les parents de Joël, pour commencer. Une nouvelle fois, ils descendirent au Hilton. Hystériques. Elle en talons aiguilles. Lui avec des boutons de manchettes. Tandis que l'on maintenait Joël en vie avec du mal, avec de plus en plus de mal – les nouvelles n'étaient pas bonnes.

Et ils recommencèrent, ils remirent la pression sur Sonia. « Ça me semble normal, déclara la mère en sortant son nez d'un mouchoir à dentelles Cerruti. Le meurtrier est ton oncle, n'est-ce pas ? Ce n'est pas comme si c'était n'importe quel inconnu. »

Ils rangèrent leurs valises, pendirent leurs affaires, se firent monter quelques rafraîchissements, après quoi ils se firent conduire au chevet de leur fils en pestant contre la circulation.

Le sécateur avait été planté en plein thorax, d'un coup violent porté latéralement, en arc de cercle. Le cœur menaçait de lâcher.

« Ce satané Joël, j'aurais dû lui flanquer une volée, se reprocha Marc. Peut-être qu'il ne serait pas à moitié mort à l'heure qu'il est. C'est ma faute. J'ai tergiversé. Alors que j'aurais dû m'en douter. J'aurais *dû* m'en douter.

— C'est trop tard, maintenant... tes regrets n'y changeront rien, lui répliqua Irène sur un ton lugubre. Maintenant, ton frère est en prison.

— Pas *en prison*, maman.

— Où que ce soit. Je me fiche de savoir où il est. Il devrait être *ici.* » Là-dessus, ses yeux s'emplirent de larmes, sa lèvre inférieure trembla. « J'ai passé ma vie à faire que les choses n'en arrivent pas jusque-là. Est-ce que tu te rends compte ? »

Marc jeta un bref coup d'œil à sa mère dont le teint était spectral. Ils se sentaient vaincus *l'un et l'autre.* Coupables de n'avoir pas prévu l'imprévisible ni mesuré l'insondable.

« Quant à vous deux, leur lança Bradge, ne venez pas nous entonner cet air-là, pour l'amour du Ciel. Personne ici n'est responsable. Personne n'a quoi que ce soit à se reprocher, nous sommes bien d'accord ? David était guéri.

— *Guéri ? Quoi ?* lança Irène. *Quoi ?*

— Il était *légitime* de penser que David était guéri. Voyons, Irène, vous le savez aussi bien que moi. »

Victor les observait de loin, au cours de ce bref échange. Un instant, il s'était donc laissé distraire de l'inquiétude que leur causait David pour tâcher de découvrir si Bradge et Irène couchaient désormais ensemble, si quelque chose se voyait dans leur comportement. Ces pensées étaient indignes en de telles circonstances, mais la piqûre se montrait particulièrement vive.

N'importe quelle femme aurait été pour le moins touchée par la profondeur et la force des sentiments qu'il lui avait témoignés – et sur lesquels de froids scientifiques, dont une équipe de chercheurs en physique moléculaire, se penchaient encore avec étonnement sur ce phénomène d'ultime imbrication. Tandis qu'Irène au contraire. Tandis qu'Irène multipliait les occasions de le tenir à distance – avec, aurait-il presque avancé, une sorte de frénésie.

Édith n'en menait pas large de son côté. Elle aussi pensait à la Stratos qui était sortie tout droit dans le virage et s'était envolée vingt ans plus tôt, traversant les branches des sapins avant d'atterrir brutalement, beaucoup plus bas, sur les pierres, puis d'entamer la furieuse et fameuse dégringolade qui avait failli abolir tout espoir de descendance des Sollens à la surface du globe.

Que s'était-il passé dans le cerveau de David à ce moment-là ? Perdait-il vraiment tout contrôle ? Blaine prétendait que oui. Rien de rare. Il suffisait de lire les journaux.

Mais il fallait surtout s'occuper de Josianne qui semblait saisie d'une torpeur livide.

Irène avait insisté afin qu'elle prenne l'ancienne chambre de David pour quelques jours, le temps de récupérer un minimum tandis qu'on la déchargerait d'une bonne part des obligations incombant à une mère – Géraldine et Irène s'entendaient assez bien –, mais cette heureuse initiative n'avait pas encore porté ses fruits. Josianne lâchait parfois son verre ou gémissait tout à coup ou garait sa voiture et restait assise derrière le volant, ce genre de choses, tandis que le soir tombait et qu'elle rentrait bredouille de ses différentes tentatives pour communiquer avec David – que la chimie maintenait dans un cirage total – ou en savoir plus à propos de l'état de Joël – que la chimie maintenait dans un cirage complet.

Édith la prenait contre son épaule, lui murmurait des paroles amicales tout en tremblant intérieurement.

L'attente était longue. Chacun tournait en rond. Chacun parlait bas comme si l'on veillait un mort. La vie de Joël tenait à un fil et chacun se trouvait sombrement suspendu à ce fil. Retenant son souffle. Il n'y avait rien à faire. Personne ne pouvait rien faire. Puis le cœur du garçon cessa définitivement de battre au matin du troisième jour et l'on tira en silence un méchant drap sur lui.

Lorsque son téléphone sonna, Marc était en train de régler l'affaire qu'il avait avec Paul et à laquelle Victor assistait en sa qualité d'entremetteur – à la mine renfrognée.

Donc Marc avait déposé entre eux, sur la table où l'on avait servi des jus d'orange avec des parasols de papier gaufré, un sac contenant la part que Paul s'était adjugée et Marc le mettait au défi de poser la main dessus.

Ils se trouvaient dans le patio d'un hôtel de la périphérie, sorte de copie du château Marmont, une étoile en moins, le ciel était bleu, l'endroit désert, d'énormes plantes aux larges feuilles dentelées, hautes de plusieurs mètres et d'où pendaient d'horribles lianes, jaillissaient d'énormes jarres, une pâle fontaine glougloutait laborieusement tandis que des perroquets faisaient des bruits – on se serait cru dans la jungle – dans des cages suspendues.

L'idée générale était – le message que Marc envoyait à Paul était *si tu fais un seul geste, si tu mets la main sur cet argent, si tu fais ça, tu auras ce que tu mérites, je te le promets, alors fais-le, j'attends, j'attends que tu te décides.*

On se serait cru dans un film de gangsters tourné aux Caraïbes ou dans une réclame pour du café. Mais c'était sérieux. Ils se regardaient en chiens de faïence, le père, le fils, et l'ex-mari d'Édith qui comptait se faire refaire les dents avec ce coup. La chaleur commençait à monter en cette fin de matinée. Victor se tenait un peu en retrait – il n'avait plus beaucoup l'occasion de se trouver *si près* de son fils, *si près de son pire ennemi* songeait-il, aussi incroyable que ce fût.

Quel endroit improbable ! Il n'aurait plus manqué que des singes dans les arbres. Paul transpirait un peu. « Est-ce que ce con n'a pas saisi toutes les données du problème ? » se demandait-il en grimaçant sous le regard de Marc qui comme tous les Sollens devait être un peu fêlé et risquait de vous porter un mauvais coup si vous n'y preniez garde. D'ailleurs, depuis toujours, chacun savait qu'il fallait se méfier des Sollens. De vrais timbrés. À l'époque où il s'était enfui avec Édith, quelques types restés sur la place l'avaient informé des intentions meurtrières de

Marc à son endroit. Le parfait psychopathe... quoique dans le genre, le frère n'était pas mal non plus.

Les perroquets poussaient de drôles de cris. Les trois hommes restaient figés. Le soleil était passé au-dessus des murs et tombait en cascade, de reflet en reflet, de branche en branche, de feuille en feuille, puis se mêlait à la fontaine. On entendait au loin des klaxons et des chiens qui aboyaient. Jusqu'au moment où le téléphone de Marc sonna.

Il décrocha, écouta, baissa la tête avant de refermer le clapet de l'appareil. Clop.

« Joël est mort », annonça-t-il.

Paul avait senti venir l'abcès depuis quelques jours, et là ça y était, sa gencive lui déformait carrément la mâchoire – en fait, tout un côté de la gueule. Au point où il en était, les antibiotiques ne pouvaient plus rien. Il remonta dans sa chambre, furieux. Il se laissa choir sur le lit. Il appela Sylvie et jura qu'il allait s'arracher les cheveux, d'une part pour profiter de la douleur – il avait besoin de *davantage* de douleur, *d'encore plus* de douleur –, de l'autre parce que l'affaire n'était pas encore réglée.

« Au fond, je trouve ça dur, ce que tu fais, déclara Sylvie.

— *Quoi ? Tu me parles de quoi ?*

— Tout le monde peut changer d'avis.

— *Hein ? Répète ?*

— J'ai réfléchi, voilà tout.

— *Tu crois ça ? Tu crois que c'est aussi facile ? Tu connais un autre moyen ?* Bon, sinon, dis-moi ce que tu fais. Comment ça va ? Tu sais que j'ai envie de sucer ton spaghetti, est-ce que tu le sais ? Malgré ma rage de dents. En tout cas, l'autre a tué ce garçon, qu'est-ce que je te disais. Tu vois à qui on a affaire. On n'est pas devant des enfants de chœur. En tout cas, c'est toi qui es dure de ne pas même accepter une caresse buccogénitale, c'est vraiment de la démence. »

Sylvie soupira au bout du fil – si l'on peut dire.

« Sylvie. Ma chérie. Merde... » gémit-il.

La climatisation ne marchait pas très bien. Ou alors, il avait de la fièvre. Dans la glace, l'enflure de sa joue avait la taille d'une petite orange.

Marc n'avait jamais pu supporter d'avoir été baisé comme lui, Paul, l'avait baisé, en embarquant la belle et le chèque d'Irène. Marc était le genre de type qui ne pardonnait rien à personne mais par chance, Paul le tenait par les *cojones.* Tout le monde n'était pas inscrit aux Sexoliques anonymes, Dieu merci. Il y avait encore une majorité de gens honnêtes dans les environs, d'éventuels propriétaires de Mercedes... est-ce que l'autre animal l'avait bien compris ? De sa fenêtre, on entendait les perroquets et une vague odeur de fiente pénétrait dans la chambre dont il avait tiré les volets à claire-voie. Est-ce que Marc Sollens était encore plus bête qu'il ne le paraissait ?

Au fond, la mort du gamin allait sans doute le calmer, forcer Marc à en rabattre s'il ne voulait pas d'un scandale supplémentaire pour la famille : entre un sexolique et un meurtrier, les cœurs allaient forcément hésiter. Paul ricana. En leur soufflant Édith, il avait effacé d'un coup la somme des différentes humiliations que les deux frères lui avaient fait subir au fil du temps, en diverses occasions – faisant notamment courir sur lui le soupçon d'éjaculateur précoce à la suite d'une histoire montée par Roberto sur le dos de Catherine Da Silva, des conneries.

Il s'allongea sur le lit avec le combiné à l'oreille. « Qu'est-ce que tu disais, Amour, je n'ai pas entendu.

— Amour ? Ne m'appelle pas Amour, s'il te plaît.

— Pourquoi pas ? C'est joli, Amour. Tu ne vas pas me faire chier avec ça, n'est-ce pas ? Tu sais, je suis cloué dans ma chambre et j'ai au moins quarante de fièvre. Tu es toujours là, Amour, avec ton petit spaghetti dressé en direction de ma bouche ?

— Paul, boucle-la. Ramène-toi plutôt en vitesse. Je crois que l'évier est bouché.

— Quel évier ? De quoi tu me parles, Amour.

— De quel évier crois-tu que je te parle ?

— J'en compte au moins trois, Amour, un dans la cuisine et deux à l'étage.

— J'ai pas dit lavabo, j'ai dit évier.

— Très bien, Amour. Au temps pour moi. »

Édith était penchée sur son écran, à lire son courrier, lorsqu'elle apprit la nouvelle. Elle était seule dans la maison. Soudain, une alerte l'informa qu'elle avait un message.

Elle attendit deux ou trois longues minutes avant de l'ouvrir. Elle envoya un mot à Catherine Da Silva, commanda de la lessive, relut ce qu'elle avait écrit la veille sur une femme de soixante-dix ans qui venait d'être maman – la photo de la vieille était sinistre –, paya sa facture de téléphone, visita la page météo – l'anticyclone semblait installé à vie –, après quoi elle retourna dans sa messagerie pour se faire confirmer ce qu'elle savait déjà.

Au-delà de la tristesse, il y avait l'abominable tristesse. La tristesse était engendrée par la mort de Joël. Bien sûr. Bien entendu. L'abominable tristesse, elle, provenait de la rechute de David et de ce qui l'attendait désormais – le prix serait forcément élevé.

Blaine lui ordonna de rester en dehors de ça. Et il ne plaisantait pas. « Ne t'approche plus de lui jusqu'à nouvel ordre, tu m'entends ? Tu ne te pencherais pas au-dessus d'un volcan, n'est-ce pas ? Tu n'as qu'à faire pareil. Passe ton chemin... si tu ne m'obéis pas, je le saurai. »

Édith n'en doutait pas. Ce qu'elle voyait surtout, c'était qu'il la jugeait encore fragile, *toujours* fragile malgré tout le baratin qu'il lui servait, et ça n'était pas très agréable. Il y avait de quoi se sentir démoralisée, non ?

Est-ce qu'on en sortait un jour ? Est-ce qu'on guérissait ? Blaine disait que oui mais il mentait quand ça l'arrangeait et ne supprimait pas son lithium ou équivalent. Est-ce qu'à moins d'être un animal particulièrement grossier on revenait à la raison lorsqu'on avait poignardé un homme en pleine poitrine avec un gros sécateur de jardin ? Cette question la taraudait. Elle aurait souhaité en discuter avec Josianne afin d'aider celle-ci à envisager la suite mais elle se montrait totalement incapable d'aborder un sujet aussi pénible que celui de l'avenir avec un mari dingue, donc forcément dangereux – n'était que se référer à l'abominable expérience que la pauvre avait déjà connue.

Lorsqu'elle pensait au geste de David, elle haletait d'effroi. David avait encore franchi la ligne et cette fois quelqu'un était mort. Ce matin-là, elle pleura en silence sur ses mains, sur son clavier, sur ses genoux, jusqu'aux environs de midi. Vingt ans plus tôt, elle avait pleuré pendant trois jours – au point que Paul avait décidé de ne plus changer les draps.

Quoi qu'il en soit, elle s'empressa de lui rendre visite, mais on ne la laissa pas facilement entrer. La cellule de David était capitonnée. Elle observa celui-ci derrière un horrible carreau de verre armé légèrement déformant. David était assis par terre, dans un coin, le regard baissé. On la laissa admirer le tableau durant une bonne minute. Puis le type prit les billets et la vira.

« Ils vont avoir sa peau, déclara-t-elle en rentrant. Je te le jure, Marc, *je te jure* qu'ils vont avoir sa peau.

— Mais non.

— Ne dis pas « mais non », Marc. J'y étais. Je viens de le voir. Est-ce que tu sais qu'il est dans une *cellule* ?

— Bien sûr. Où veux-tu qu'il soit ? Installé dans une garçonnière ?

— *Comme une bête féroce.*

— Tout juste. C'est bien ce qu'il est. Une bête féroce.

— Marc !

— Il a poignardé un homme, Édith, *il a poignardé un homme, okay !*

— *Je sais* qu'il a poignardé un homme, je le sais très bien. Et quoi ? Est-ce que nous allons passer le réveillon là-dessus ? Est-ce que ça va ressusciter Joël ? Ça ne va pas le ressusciter... Marc, il s'agit de ton frère, *je t'en prie,* réveille-toi.

— Écoute. Ne me dis pas de me réveiller. Sois gentille. David a planté un sécateur dans la poitrine d'un gars, oui ou non ?

— Oui, bien sûr, ça tout le monde le sait. Tout le monde sait qu'il a eu cet épouvantable moment de folie.

— Ce *moment* de folie ? Édith, est-ce que tu peux ouvrir les yeux une minute ?

— Je ne veux pas me disputer avec toi. Si c'est pour me disputer avec toi, je préfère me taire, dans ces conditions. »

Elle portait une robe légère, estivale, décolletée, couleur bronze, et s'était juchée sur un tabouret du salon, avec ses talons et ses bas. Dehors, un coucou chantait, le soleil brillait dans l'herbe vernıe.

« Nous l'avons fait ce matin, Marc. N'exagère pas.

— Je sais, je sais.

— Pense à autre chose. Ta prochaine réunion est pour quand ?

— *Ma prochaine réunion est pour quand ?* Hein ? Comment peux-tu te montrer aussi dure, dis-moi ?

— Je ne suis pas dure, qu'est-ce que j'ai dit ? Je m'intéresse à toi, au contraire. Je m'intéresse à ta santé. Tu es l'homme avec lequel je vis désormais, il est normal que je m'inquiète. »

Il s'approcha et, quoiqu'il eût de loin préféré la

presser entre ses bras et la mordiller dans le cou, il lui prit la main et la caressa doucement. D'où ils se tenaient, le fleuve n'était qu'une suite de langoureux étincellements entre les joncs qui jacassaient dans l'air tiède comme des perruches.

« Je ne supporte pas de le savoir enfermé, dit-elle. C'est plus fort que moi. »

Il lui embrassa les doigts. Parfois, avec un peu de chance, les mains des femmes sentaient la crevette mais ce n'était pas toujours dimanche.

À ce moment, Marga Damanti frappa au carreau. Elle portait une ombrelle pour se protéger du soleil. Lorsqu'il la voyait, il remerciait le Ciel de s'être inscrit aux Sexoliques anonymes car autrement... il en tremblait d'effroi, presque. Marga avait un regard qui évoquait la sexualité quand on savait lire le code, et Marc était de ceux-là, de ceux qui recevaient le message. Sexualité débridée, même. Il revenait de ce monde, il savait de quoi il parlait. Il voulait bien prendre tous les paris. Trop facile. « Coucou, fit-elle.
– Entre », fit-il.

Elle fit entrer avec elle une odeur d'automne confite. Elle était navrée de ce qui arrivait. Le dernier souffle de Joël l'avait transpercée comme un poignard. Elle dormait, elle avait fait un bond. Enfin bref, elle était désolée.

« J'espère qu'on pourra le voir assez vite.

— Comment ça, tu dormais et tu as fait un bond ? Comment ça, *tu dormais et tu as fait un bond* ? Encore ces conneries ?

— Il souffre, en ce moment. Je sens qu'il souffre.

— Moi aussi, je sens qu'il souffre. Absolument. Pas besoin d'être extra-lucide. »

Édith lui envoya un regard qui signifiait *sois un peu plus gentil avec elle.* Hum. Il hésita, hésita encore, puis se reprit : « En tout cas, je te remercie pour ta sollicitude. Merci, Marga. Mais quand même. Quand même. Tu dois comprendre une chose. Je ne veux pas me mêler de ce qui ne me regarde pas, Marga. Mais tu peux comprendre que ça me fiche les jetons, n'est-ce pas, pour ma famille et moi ? »

Elle éclata de rire. « Pourquoi t'en voudrais-je, à toi ou à ta famille ? Ne sois pas stupide. Vous êtes nos voisins, vous êtes nos amis. Et je m'inquiète pour David, c'est tout.

— Tu peux t'inquiéter. Il y a de quoi.

— Je ne le laisserai pas tomber.

— J'espère bien. Mais en attendant, laissons-le tranquille. Ne va pas te pointer là-bas et semer le chaos.

— Je n'ai l'intention d'aller semer le chaos nulle part.

— D'autant que tu cours le risque qu'ils te gardent. Livre-toi au moindre truc bizarre et...

— Je ne vais pas *me livrer à un truc bizarre*, Marc.

— Tu ne lui ferais pas de la bonne publicité, tu sais. »

À ce moment, il leva les yeux car un vautour survolait le jardin. Un vautour. À ce point, était-il encore nécessaire de tirer la sonnette d'alarme ? Arrivé à ce degré d'aberration, était-il seulement possible de faire demi-tour, et qui le souhaitait réellement ?

Les esprits les plus avisés construisaient des bunkers souterrains plutôt que d'entasser leur argent à la banque. Ceux qui savaient se retiraient en Terre de Feu et se remettaient à fumer et s'adonnaient à la poésie orale.

Les parents de Joël appelèrent toute la matinée, mais Marc ne répondit pas.

Le garage sans David devenait un peu étrange.

« Personnellement, ça nuit à ma concentration, déclara Béa. Me concentrer devient une tâche presque impossible.

— Je vois ça, Béa. Je ne voulais pas vous le dire, mais puisque vous en parlez, je pensais que vous aviez attrapé une maladie tropicale. »

Elle lui battait froid, ces derniers temps. Marc commençait juste à comprendre que ce revirement d'humeur à son égard avait un rapport avec le fait qu'il avait couché avec sa sœur, Martine, mais des événements plus importants avaient plus ou moins occulté cette singulière découverte. Et puis baiser Martine avait été une erreur qu'il s'efforçait d'oublier.

Ce n'était pas facile dans la mesure où la jeune femme le bombardait de SMS et menaçait de se suicider s'il ne donnait pas signe de vie avant la tombée du jour. Redevenir un homme normal n'était pas une simple formalité. « Je suis au plus mal avec mon père et mon frère a poignardé un homme » avait-il encore tout récemment déclaré à cette fameuse Martine dont il ne savait pratiquement rien – sinon, à présent, ses moindres goûts en matière de sexualité et la profondeur de la haine qu'elle vouait à celui qui l'avait plaquée quelques mois plus tôt. Mais elle se fichait des raisons qu'il avait de la négliger – alors qu'il y avait encore peu ils se rencontraient deux fois par semaine –, elle se moquait du tableau catastrophique qu'il dressait, des soucis et des tourments que lui infligeait son entourage – il n'y en avait que pour elle.

Durant un moment, Marc avait pensé que Béa réglerait cette histoire comme elle réglait à peu près toutes les autres – et cette qualité la rendait définitivement indispensable – mais il déchantait aujourd'hui en observant l'œil froid qu'elle lui décochait après la réflexion qu'il venait de lui faire à propos de son manque d'énergie. Il secoua la tête. Il soupira.

« Écoutez, Béa, il faut que je sache une chose. Répondez-moi. Dites-moi franchement. Je veux parler de Martine. Est-ce que ça vous pose un problème ?

— Un problème ? De quel genre ?

— Du genre, je ne sais pas... après tout c'est votre sœur. Est-ce que je sais ? »

Elle baissa la tête.

« Merde, soupira-t-il, ce garage devient triste comme un tombeau quand il n'est pas là. Hein, qu'est-ce que vous en pensez ? Vous ne trouvez pas ?

— Eh bien... vraiment, Marc... écoutez... je... »

Il tourna la tête vers le bureau de son frère dont la fauteuil était vide.

« Je n'ai pas su le protéger. Je n'ai pas été capable de ça, Béa, vous vous rendez compte ? Quel sinistre incapable je fais, n'est-ce pas ? Ne vous gênez pas pour me le dire. Dites-le-moi. Dites-moi quel sinistre incapable je fais. Allez-y, Béa, *allez-y, merde, dites-le-moi !*

— Je n'oserais jamais, Marc. Je n'oserais jamais vous dire ça. J'aimerais mieux être pendue. Mille fois pendue, vous savez...

— Bien sûr, mais regardez cette journée, comme elle semble triste. Tout le soleil du monde n'y peut rien. Toute cette végétation qui resplendit, toutes ces fleurs qui fleurissent... et malgré tout l'incroyable vide que dispense la journée, ce disque noir qui résiste à la lumière. Vous voyez ce que je veux dire ? Hein, si je vous disais que ce salaud me manque. Je ne peux pas vous dire ce que ça me fait.

— Marc, vous êtes fatigué. Pourquoi ne rentreriez-vous pas chez vous ? Pourquoi n'iriez-vous pas prendre un bon bain ? Tout va s'arranger, vous verrez.

— C'est dur de l'imaginer dans une cellule, vous voyez. Par ma faute. Bouclé dans une cellule *par ma faute.* Alors que j'aurais dû veiller sur lui.

— Marc, ne dites pas ça. Ne dites pas des choses pareilles.

— J'aurais dû être avec lui. Nous aurions dû aller trouver Joël ensemble. C'était à moi de régler cette histoire, Béa. J'ai complètement merdé, voilà tout. N'espérez pas me jeter de la poudre aux yeux, Béa, n'espérez pas me tromper. »

Il regarda au-dehors, les deux mains à plat sur le carreau que la lumière irisait. « Quant à Martine, quant à votre sœur..., déclara-t-il en observant la circulation sur l'avenue dont les terre-pleins ruisselaient de jolies fougères... je crois qu'il serait temps qu'elle comprenne que je ne peux pas, vous comprenez, Béa, que *je ne peux pas* envisager d'avoir une relation, avec qui que ce soit, je ne peux même pas y penser... car quoi ?... car je suis sur le point de me marier, tout bêtement, c'est aussi bête que ça... Dites, c'est vous qui avez fait ce bruit-là, Béa, c'est vous qui avez gémi, ou quoi ?

— Ce n'est rien, Marc. C'est mon foie.

— Moi, quand j'étais petit, j'avais tout le temps mal à l'estomac. Je ne vous raconte pas des blagues.

— Au fond, vous êtes d'un tempérament anxieux, je le sais bien. Je l'ai toujours su. J'ai toujours su ce que cachait votre armure.

— En tout cas, je ne peux pas donner ce que je n'ai pas, vous voyez. Martine devrait le comprendre. J'ai succombé. D'accord, j'ai succombé, c'est un fait, malheureusement il est trop tard pour les regrets. Béa, j'essaye de me reconvertir en honnête homme. Est-ce que j'ai une autre solution ?

— Que celle d'être un honnête homme ?

— Que celle de rompre avec Martine. Je n'ai pas d'autre solution que celle d'être ferme avec elle, comprenez-moi. Je ne dis pas que c'est drôle. J'irais la consoler si je pouvais, mais nous ne devons plus nous voir. Surtout maintenant... en de si... pénibles circonstances. Je ne sais pas, ça ne me semble pas difficile à comprendre. Je suis installé devant le bureau de mon frère et celui-ci est vide *et va le rester jusqu'à quand ?* Toute la question est là. Jusqu'à quand ? Ça ne vous fait pas froid dans le dos, à vous ?

— Marc... vous savez bien que oui. Il me manque, à moi aussi. Autant qu'à vous.

— Alors vous voulez bien m'aider ? Vous voulez bien avoir la gentillesse de vous occuper d'elle, de lui dire à quel point je suis désolé, et cetera, et cetera, vous m'ôteriez un sacré poids, Béa, je vous serais infiniment reconnaissant si vous acceptiez de vous occuper de ça. Ce n'est pas le moment de me lâcher, vous savez. Je dois me consacrer à des sujets bien plus graves que les vagues et stupides promesses que j'ai pu faire dans un moment d'abandon. Qui n'a pas connu ce genre de situation où l'on dit n'importe quoi, où l'on vendrait son père et sa mère au moment de jouir ? Qui n'a pas juré amour, éternité et fidélité à ce moment-là ? Soyons un peu sérieux une seconde, okay ? Pourquoi elle s'entête ? »

Un instant, il s'intéressa vaguement à la manœuvre d'une mère de famille – en tout cas une troupe d'enfants sautait dans l'habitacle – qui sortait du parking en marche arrière et arrachait méthodiquement les banderoles avec son antenne et continuait son chemin malgré les cris qui fusaient de tous côtés.

« J'ai mené une vie de célibataire jusqu'à maintenant, reprit-il en gardant un œil sur le spectacle. J'ai donc de mauvaises habitudes. Vous le savez. Ne faisons pas comme si. Mais j'essaye de me sortir de ça. J'essaye fermement, Béa. Il faut m'aider. Vous savez, je vais à des réunions, euh... je ne plaisante pas. Pour vous situer le niveau du problème. Donc vous comprenez que je ne veux pas l'avoir dans les jambes... C'est trop dangereux... D'autant qu'elle s'est montrée, attendez... une étonnante partenaire. Ce n'est pas moi qui vais le nier. Une partenaire hors pair. Votre sœur. Je ne suis pas celui qui vous dira le contraire. Je vais la regretter. Non. Je n'ai pas le droit de dire ça. Non. Je suis un Sex.A. et je n'ai qu'un seul but. Guérir. Échapper à la luxure. Béa. Regardez-moi. Je vous garantis que je vais m'y employer. J'ai déjà commencé la méthode en douze étapes. J'ai hâte d'arriver au bout, entre parenthèses. »

On parla du vautour aux informations du lendemain. Qui en fait étaient deux. Un couple. Un couple de vautours. Installé dans un parc du centre-ville. Guettant on ne savait quoi. Sous nos latitudes. Les promeneurs s'arrêtaient et montraient les charognards du doigt.

Édith leur avait consacré trois feuillets et un type était allé prendre des photos de ces tristes oiseaux. Était-ce le signe d'un de ces dérèglements climatiques dont nous allions tous crever ? Sinon quoi d'autre ? Quoi de pire ?

Les obsèques de Joël eurent lieu le lendemain. Par une matinée identique aux multiples autres qui jalonnaient cet été indien, douce et lumineuse, on porta Joël en terre. Sonia avait demandé au père Joffrey d'officier et celui-ci avait parlé d'une voix rauque et nouée qui avait ému toute l'assistance – la femme qui représentait l'Université en avait chancelé et on l'éventait sur un banc de pierre aux pieds envahis par la mousse.

« Enterrer un adolescent est la plus abominable chose qui soit », avait-il déclaré comme dans un râle. Alors qu'au fond, sans même y réfléchir, c'était David qu'il plaignait, c'était à David qu'il pensait. David, son préféré. Garçon intelligent, sensible, attachant, bon coureur qui plus est, cher à son cœur, si bien qu'il commit ce lapsus éloquent : « Que le Seigneur soit avec toi, David. »

Quoi qu'il en soit, les affaires de ce dernier n'étaient pas bonnes. Vincent Delborde s'activait déjà sur son cas mais la grimace qu'il avait affichée en acceptant de s'occuper de David ne l'avait plus quitté cependant que des psys se penchaient sur le chevet de celui-ci et qu'on ressortait de vieux dossiers faisant état du caractère violent et imprévisible de l'aîné des Sollens.

Quelques vieilles histoires remontaient à la surface, que l'on avait crues oubliées. Il y avait des témoignages. David avait l'emportement facile.

Il y avait surtout les affrontements avec l'ex de Josianne dont le grand saut projetait une ombre. L'incendie d'une cabane dans laquelle avait failli griller le père d'Édith n'était pas pour arranger les choses. Et bien entendu l'accident, le fameux vol plané dont tout le monde parlait encore. Ça faisait beaucoup, mis bout à bout, pensait Vincent Delborde.

Chacun en était conscient. Les Sollens étaient pétrifiés. Côté pâleur, Sonia battait tous les records et regardait la pointe de ses chaussures avec une insistance douloureuse. Marc eut un instant l'impression de voir un spectre et il tenta de se rapprocher d'elle mais abandonna en cours de route voyant que Victor l'avait devancé et semblait être favorablement accueilli.

En rentrant chez elle, Sonia s'employa à remonter les sièges arrière de la Volvo et descendit le fauteuil de Joël à la cave. Puis elle rassembla toutes les affaires du garçon tandis qu'Odile téléphonait pour qu'on vienne reprendre son lit et tous les ustensiles, tous les abominables ustensiles que Joël laissait derrière lui et qu'il fallait reprendre en vitesse.

Elle avait l'accord des parents pour envoyer les affaires à la Croix-Rouge. Ils ne voulaient rien garder et elle passa des heures à remplir des cartons, puis à les scotcher.

Peu à peu, elle put recommencer à respirer. L'air s'engouffra d'un coup dans ses poumons, au point qu'elle en poussa presque un cri et qu'Odile demanda si ça allait bien, la tête. Elle fit signe que oui mais elle était encore sous le choc de sa petite résurrection et se tenait la gorge comme si elle sortait de sous l'eau. Le lendemain même, elle reprit ses cours – tandis qu'Odile préférait attendre encore un peu – et brûla ce qui pouvait brûler sans empester les alentours, dans le fond du jardin, tout ce qui rappelait ou avait appartenu à Joël.

On était fin novembre mais on se serait cru au début de l'automne. El Niño était visé. Mais pas seulement. Les cas d'accès de folie furieuse se multipliaient un peu partout. Pas plus tard que la veille, il y avait eu un bain de sang dans une maison où s'étaient retranchés quelques-uns de ces types évadés de prison à la faveur de l'inondation et qu'on pourchassait à travers tout le pays. Le bilan était terrible. L'assaut avait fait vingt-sept morts. Six de ces types et leur vingtaine d'otages. « Nous vivons presque comme des animaux », se désolaient certains, et sans doute n'étaient-ils pas très loin du compte.

Quoi qu'il en soit, de retour du royaume des morts et devenue experte dans l'art de flanquer le feu en brûlant des souvenirs ou d'impossibles archives,

Sonia se trouva enfin en mesure de penser au geste de son oncle. Et sa réaction allait de la colère la plus noire à la plus sincère commisération.

On ne pouvait pas encore lui rendre visite. Il était toujours considéré comme dangereux – bien que les potions qu'on lui administrait l'empêchaient pratiquement de soulever une paupière – et confiné en cellule insonorisée, si bien qu'il fallait se contenter de l'apercevoir une minute, du couloir, moyennant cinquante billets.

Il flottait dans l'air un parfum de fiel médicamenteux qui donnait envie de partir en vitesse. Elle était néanmoins parvenue à lui faire passer de la musique – Beirut, Arcade Fire, Bright Eyes, Clap Your Hands, Sunset Rubdown. La crème de la crème. Des journées d'une telle noirceur, Sonia n'en avait encore jamais connu.

7.

Irène expliqua à Josianne que la plupart des psychiatres n'y connaissaient pas grand-chose tandis qu'une mère ne se trompait jamais. David était son fils. Il était sain. Rien ne clochait avec lui. Des accidents arrivaient. Des actes dérapaient. Déplorables, certes, et même intolérables. Mais c'était ainsi et nul n'y pouvait rien.

« Quand j'en entends certains dire que mon fils est dangereux, fit-elle d'une voix sourde, je ne sais pas ce que je ferais. C'est tellement grotesque. N'écoute pas tous ces imbéciles, ma chérie. Sois forte. C'est une épreuve. Le Seigneur t'envoie une épreuve. Remercie-Le. »

Josianne trouvait que c'était trop. La mort de son fils. La mort de son ex-mari. L'arrestation du nouveau pour meurtre. C'était tout simplement trop. Irène prépara deux vermouths et tâcha de la réconforter en lui affirmant que les visites seraient pour bientôt et que David pourrait la rassurer lui-même sur son état mental.

« J'espère que vous ne me cachez rien, Irène. Y a-t-il quelque chose que je devrais savoir ?

— Te cacher quoi ? Il n'y a rien à cacher. Qu'est-ce que tu crois ?

— Y a-t-il quelque chose que vous ne voulez pas me dire ?

— Quelle drôle de question ! Complètement absurde. Mais passons. Tu veux savoir quoi ? S'il y a des cinglés dans la famille – pour dire les choses un peu brutalement ? C'est ce que tu veux savoir ? Eh bien, il n'y en a pas. Il n'y en a aucun. Je n'en vois pas l'ombre d'un seul. Je te rassure. Te voilà rassurée ? David n'a pas été pire qu'un autre lorsqu'il était enfant. Il suffisait d'être là et de le surveiller. C'est la tâche d'une mère de surveiller ses enfants. Et donc, il suffisait de le surveiller et rien de plus. Je te rappelle. Je te rappelle que Joël était devenu une ignoble petite brute. Tout le monde le sait très bien. David n'a pas frappé une personne *au hasard,* n'a pas fait de victime *innocente* – mais au contraire s'est confronté, c'est moi qui souligne, au compagnon violent de sa propre nièce, tu vois un peu. Est-il besoin d'avoir l'esprit dérangé pour faire ce qu'il a fait ? Tu veux connaître mon opinion ? Ma chérie, l'être humain obéit à des motivations complexes que nous n'allons pas commencer à détailler ici, mais sache que nous sommes nombreux à penser qu'à sa place nous aurions très bien pu agir comme David a malheureusement agi. C'est là tout ce que j'ai à dire. »

Josianne vida son verre. « Par exemple, je ne savais pas qu'il était tombé dans le coma.

— Tu ne le savais pas ? Ne te l'a-t-il pas dit ?

Mais tu sais, raconter une vie ne se fait pas en quelques jours. Laisse-lui du temps. Maintenant, Josianne, dis-moi simplement une chose et au fond c'est la seule qui importe, dis-moi ce qu'il représente pour toi, réponds-moi franchement. »

Sa bru croisa les bras. « Beaucoup.

— Parce que ça va être à toi de l'aider, désormais. Je n'ai plus la même force qu'avant, tu comprends. J'ai mené le bateau à bon port, maintenant, que les marins se débrouillent. Tu peux me dire ce que ça peut bien faire qu'il soit tombé dans le coma ? Sais-tu combien de personnes tombent dans le coma, chaque jour ? Ce n'est pas une maladie de tomber dans le coma. De quoi as-tu peur ? As-tu des raisons d'avoir peur ? Qui est mieux placée que toi pour savoir que ce garçon n'a pas plus besoin d'être enfermé que toi ou moi ? »

Elles levèrent les yeux sur Victor qui revenait d'une tournée d'inspection dans le jardin – sous prétexte qu'Élisabeth avait repéré une ombre dans le couchant.

Il avait demandé à Roberto de faire demi-tour et d'entrer par la porte principale qu'il allait à présent lui ouvrir cependant que les deux femmes, pressées l'une contre l'autre, le suivaient des yeux.

Roberto ne voulait pas entrer. Il voulait juste prendre des nouvelles. Il avait l'impression que, s'il n'en demandait pas, personne n'allait lui en donner.

La nuit tombait, il faisait bon. Victor s'installa sur un banc et fit signe à Roberto d'approcher.

« Méfie-toi. Le jardin est sous alarme. Je préfère que tu sonnes à la porte. Je sais que tu voulais savoir qui était là. Tu viens de me le dire. Mais sonne à la porte, demande-le-moi, et je te le dirai. Sinon Élisabeth va te farcir de plomb. »

Marc et David avaient un véritable ami. Ils n'en prenaient sans doute pas la mesure. Il y avait si longtemps qu'ils le connaissaient. Depuis le collège.

« Monsieur Sollens. Vous me connaissez. Ces deux-là sont comme mes frères. J'ai fait un sacré bout de chemin avec eux. Eh bien malgré ça, ils m'ont laissé choir. Ils m'ont laissé tomber comme un truc inutile. Ça fait des mois. Je ne l'ai toujours pas digéré. J'en ai gros sur le cœur, pour tout dire. »

Avec ses tatouages et les pans de sa chemise qui flottaient hors de son pantalon, Roberto n'adoptait pas un style très cher à Victor – qui préférait cependant cela au style efféminé –, mais le vieil homme le considéra avec aménité et soupira : « Que veux-tu que je te dise, mon garçon... les deux vauriens dont tu me parles rebuteraient n'importe quel homme d'être père. Je ne suis donc pas étonné de ce que tu me rapportes. La prochaine fois, lie-toi d'amitié avec des pierres si tu veux des sentiments en retour.

— Ça ne me fait pas du bien d'entendre ça, monsieur Sollens.

— Pardi !... Et moi ? Tu crois que ça me fait du bien ? Tu crois que je suis fier de ma progéniture ? C'est pire que tout, aujourd'hui. C'est pire que tout ce qu'on peut imaginer. Tu sais, je crois qu'ils sont devenus enragés, l'un comme l'autre. Ils sont en train de me pousser vers la tombe, en tout cas. L'autre jour, Marc a levé la main sur moi et David est devenu un assassin. Tu as de drôles d'amis, Roberto, mon garçon. »

Il tapota la main de Roberto, qui semblait complètement anéanti. « Quoi qu'il en soit, tu peux compter sur moi pour leur en glisser un mot, à l'occasion. Nous devons être le caillou dans leur chaussure, leur signifier leur infamie à chaque instant. »

D'où ils se trouvaient, on apercevait la partie du salon dans laquelle se tenaient les deux femmes. « Ils sèment le chaos partout où ils passent, non ? Regarde-moi ça. Tu n'es pas le seul à te lamenter. Malheureusement, je n'ai pas de vermouth à t'offrir. »

Ils levèrent la tête au passage d'un engoulevent qui filait au-dessus d'eux – effectuait de courtes montées, faisait du surplace avant de redescendre en plané, poussant un ronronnement sonore qui paraît-il s'entendait à plus d'un kilomètre.

« C'est à cause d'Édith, fit Roberto.

— Ce n'est pas à cause d'Édith, Roberto. Laissons cette pauvre fille un peu tranquille. Les choses attendaient de se révéler depuis longtemps. Nous avons passé les vingt dernières années à attendre le désastre et voilà. Nous y sommes. Édith nous a secoués de la torpeur, tout au plus... Et toi, comment vas-tu ? Comment vont tes machines à laver ? Tu es content ? »

Roberto haussa vaguement les épaules. Puis il se pencha en avant. « Vous croyez qu'il a besoin de quelque chose ? Ils lui font quoi, au juste ?

— Je ne sais pas. Ils l'observent. Ils l'ont enfermé. Il a fini par émerger d'après ce que je sais. Ton ami a piqué une jolie crise, tu sais. Sonia a cru qu'il était mort, lui aussi. Raide comme un morceau de bois, les yeux révulsés. Je ne sais pas quoi te dire.

Apporte-lui des beignets, ça lui fera toujours plaisir. Il a toujours aimé ça. »

Il raccompagna Roberto jusqu'à sa moto Guzzi au moteur monstrueux et ils échangèrent quelques considérations techniques, puis ce dernier, l'enfourchant, déclara que leurs plus belles années étaient derrière eux.

« C'est à moi que tu dis ça ? ricana Victor.

— C'était vraiment bien. Je m'en souviens.

— Jusqu'à un certain point. Ils me donnaient tout de même du fil à retordre.

— Ils vous admiraient, monsieur, je peux vous le dire. J'étais là. On suivait toutes vos courses, on était béats d'admiration devant vous.

— C'est vrai. Tant qu'ils n'ont pas eu un poil sur la figure, ils ont été de braves garçons. Je n'ai pas eu à m'en plaindre. Ensuite, ils ont eu vite fait de me déboulonner de mon socle.

— Ne croyez pas ça.

— Écoute-moi, Roberto, je suis trop vieux pour avaler n'importe quoi. Ne te donne pas cette peine. Le mal qu'ils m'ont fait est trop profond pour qu'on puisse le soigner. Si l'on essayait de me l'arracher, mon cœur viendrait avec. »

Il regarda Roberto disparaître sur la route, dans un ronflement lumineux. Sans doute aurait-il été agréable de remonter dans le passé à cette vitesse – disons jusqu'à l'instant précis où il croisait le regard d'Irène pour la première fois.

À son retour, le salon était vide. Elles étaient montées. Pourquoi l'auraient-elles attendu ?

Il éteignit. La nuit n'était pas plus noire que d'habitude mais la profondeur des ténèbres le surprit. Chaque jour, on pouvait lire dans les journaux ou entendre dire que vivre dans un pays qui n'était pas en guerre d'une manière ou d'une autre avait un parfum de bénédiction. C'était faux. Chaque famille était le théâtre d'une véritable bataille rangée ou d'un désastre, ou d'un aveuglement collectif. Il regarda autour de lui. Cette pièce. Tout ce qu'on bâtissait finissait piétiné – cette ville elle-même finirait en ruine, ce monde finirait enseveli comme les autres et rien de ce que l'on disait ou pensait de différent n'était vrai. Imaginer ses deux fils tournant de doux regards vers lui se révélait aujourd'hui un exercice parfaitement impossible. Les images d'une famille heureuse avaient déserté son esprit. Retourner dans le lit d'Irène signifiait-il autre chose qu'un impérieux besoin de remonter à la source et sauver ce qui pouvait être sauvé ? Il esquissa un sourire amer avant d'attaquer l'escalier.

En passant, il pencha l'oreille sur la chambre qu'occupaient Josianne et Géraldine mais il ne perçut aucun bruit. Il fallait admettre que Josianne se trouvait aux premières loges. Personne n'aurait sans doute aimé être à sa place – quoiqu'elle fût bien mieux logée et conduisît une voiture neuve pour la première fois de sa vie.

Elle s'accrochait. C'était là une qualité que Victor appréciait et qu'il trouvait toujours assez émouvante chez une femme – Irène en était un parfait exemple. Se donner un but et s'y fixer envers et contre tout, sans jamais lâcher – un peu simplet, mais efficace. Vive l'opiniâtreté. Josianne serrait les dents à coup sûr depuis qu'elle était au monde, se disait-il. Le cuir était joliment tanné. Il trouvait d'ailleurs que les épreuves l'embellissaient, d'une certaine manière, et comme cela arrive souvent.

Il s'arrêta un peu plus loin devant la chambre d'Irène, puis finit par y pénétrer. Il lui était arrivé de recevoir, dans les premiers temps, sitôt que sa tête apparaissait dans l'entrebâillement de la porte, une brosse à cheveux, un flacon, une pantoufle qui venait heurter le panneau derrière lequel il lui fallait se retrancher en quatrième vitesse, mais ça n'arrivait plus aujourd'hui. Dieu merci. Sauf que ce meilleur traitement n'était pas dû à l'amélioration de leurs rapports mais au fait qu'elle ne prenait guère plus garde à lui que s'il était le garçon d'étage venu lui ouvrir son lit.

Très humiliant. Mais ce n'était plus lui qui donnait les cartes. La scène à laquelle il avait assisté, entre Irène et Nicolas Bradge, de même que la liberté qu'elle lui accordait d'aller et venir dans ses appartements sans se faire annoncer, lui avait donné certaines indications concernant la cote dont il jouissait auprès d'elle.

Cela constituait un tout : repoussé par ses enfants et par leur mère. Et cela donnait à réfléchir. Mais qui pouvait se vanter d'être satisfait de son sort ? Quoi qu'il en soit, il aimait l'odeur de cette chambre – mélange de produits qu'elle utilisait et qu'il lui associait – et il reconnaissait la chance qu'il avait, dans son malheur, de n'en être pas privé.

Il lui ferma sa fenêtre et lui tira ses rideaux tandis qu'elle coupait les robinets. Sur le lit, la couverture d'un magazine annonçait un désastre climatique majeur dans cinquante ans et l'on ne pouvait s'empêcher de penser, à l'aune des mauvaises nouvelles qui tombaient régulièrement, que cette prédiction était douteuse. L'inversion du Gulf Stream, et ses cinquante-cinq millions de mètres cubes d'eau par seconde, ne semblait pas du tout si lointaine. Le temps où des écrivains de la trempe de Martin Amis craignaient pour leur vie à cause de la bombe nucléaire semblait remonter au Moyen Âge, non ?

Elle était dans son bain. Il s'adossa contre le mur opposé, les mains dans les poches, et lui relata brièvement son entrevue avec Roberto. Non qu'il imaginât une seconde que les soupirs de Roberto pussent attendrir Irène à l'égard d'un garçon qui avait, adolescent, entraîné Catherine Da Silva dans une histoire peu ragoûtante. Il ne fallait pas souhaiter à Roberto d'avoir un malaise devant chez elle ou de traverser devant sa voiture. Encore aujourd'hui. L'opiniâtreté. Une valeur sûre.

« Lui as-tu dit qu'il devait sonner, la prochaine fois ?

— Bien sûr. Au fond, son affaire de machines à laver n'était pas une si mauvaise idée, semble-t-il. Tu sais, je n'aurais pas misé un euro sur ce garçon, eh bien je me suis trompé.

— Cette fripouille ? Comment la chance peut-elle sourire à ce genre-là ? »

Il haussa les épaules tandis qu'elle se frottait le dos avec une brosse à long manche. Ses seins flottaient à la surface. Mais ce qui émouvait surtout Victor était la nuque d'Irène et la manière dont elle avait relevé ses cheveux.

« Je veux que tu le sortes de là... » finit-elle par lâcher. Sans le regarder. Un léger voile de buée flottait au-dessus d'eux. Il tira à lui un tabouret en résine rembourré de tissu-éponge.

« Commençons par lui éviter la prison, fit-il. Commençons par le commencement. S'il n'est pas jugé responsable de ses actes au moment des faits, ils le mettront en HP et là nous pourrons souffler, nous pourrons dire ouf dans un premier temps. »

Refusant toujours obstinément de le regarder, se figeant une seconde, elle répéta : « Je veux que tu le sortes de là.

— J'entends bien. J'entends bien. Mais j'espère que tu as remarqué que ce n'était pas si simple. Nous étions quand même à un enterrement, l'autre jour. Il ne s'agit pas d'un vol à la tire, tu sais. La manœuvre est passablement délicate. »

Elle lui glissa un coup d'œil silencieux. Il aurait préféré des mots durs, à choisir.

« Est-ce que tu m'aimes ? » finit-elle par demander.

Il acquiesça.

« Alors fais-le sortir. Montre-moi un peu ça. »

Il ricana. Mieux valait en rire. Seuls des hommes très riches pouvaient faire ouvrir les portes d'une prison pour soustraire leur enfant à la justice. Par exemple, le type qui avait mangé sa fiancée l'an passé courait aujourd'hui librement les rues avec son passeport diplomatique tout neuf en poche après que son père eut déposé des sommes considérables sur le bureau de personnes compétentes. Mais pour un chanceux, combien y avait-il de pauvres gars ?

Elle tendit la main. Il lui donna une serviette. Sans

se précipiter, de manière à pouvoir profiter du spectacle le plus longtemps possible.

C'était un émerveillement. Il n'y avait pas d'autre mot. Comment dire ? Ce corps avait plus de soixante ans, bien entendu, mais cela comptait-il ? D'où provenait ce rayonnement ? D'où venait cette irrépressible envie de se jeter aux pieds d'Irène – envie qu'il domptait en se mordant les lèvres ou l'intérieur des joues ? Il ne s'agissait pas d'attrait sexuel – bien qu'il la désirât avec constance – mais d'un besoin de communion presque mystique qui le frustrait et l'enchantait tout à la fois.

Mieux valait, dans cette atmosphère de sourde démence qui régnait alentour, rester discret sur l'intensité des sentiments qu'il cultivait dans le fond de sa poitrine. Les stigmates qu'il avait reçus parallèlement au calvaire d'Irène, les blessures à l'identique, donnaient une assez bonne idée du registre dans lequel il évoluait, mais il avait fait en sorte de laisser planer la possibilité d'une imposture de sa part, disons pour attirer l'attention ainsi qu'il en avait pris l'habitude. Mieux valait passer pour un mystificateur que pour le parfait dingo, avait-il décidé quelques mois plus tôt, et il se félicitait de ce choix aujourd'hui car l'affaire semblait close.

Irène elle-même n'y croyait qu'à moitié, mais peu importait. Il n'avait pas besoin de publicité. Il n'avait personne à persuader. Elle se frictionna. C'était une salle de bains conçue pour un couple, avec de larges lavabos et une baignoire où l'on pouvait tenir à deux, mais il n'avait plus le droit d'utiliser les lieux. Elle laissa tomber la serviette pour enfiler sa chemise de nuit. Une seconde, ce fut comme dans cette nouvelle de Richard Brautigan où la lumière du marchand de glaces se met à briller dans la nuit. Il retint son souffle. Elle leva les yeux au ciel. Il la suivit dans la chambre en se cambrant, sur la pointe des pieds, les poings enfoncés dans les reins car ceux-ci, ses reins donc, lui causaient encore quelques inquiétudes.

« Tu sais, lui dit-elle, tant que tu n'adopteras pas l'acupuncture...

— Bah ! pesta-t-il, j'en sais rien.

— Si ce n'est pas trop tard, d'ailleurs. Peut-être que tu as trop attendu.

— J'ai entendu dire qu'on pouvait se faire monter des vertèbres en titane. Tout à fait ce qu'il me faudrait. »

Elle entra dans le lit. Il s'assit au pied. Il s'agissait d'un matelas de deux mètres sur deux. Il la regarda un instant tandis qu'elle se massait les mains avec une crème censée lutter contre les taches de vieillesse.

Il ferma les yeux un instant puis les rouvrit. « Il n'est pas tard, dis donc. Veux-tu jouer à quelque chose ? »

Elle ne répondit pas. De nouveau, elle regardait dans le vide. Il se pencha vers son lecteur et dans la pièce commença doucement à se répandre *The Pearl* de Brian Eno.

« J'ai eu Édith au téléphone, fit-elle. Pour une fois, nous sommes tombées d'accord. Elle est allée le voir, tu sais.

— Courir dans tous les sens ne sert à rien. Il est encore sous médicaments, Bradge me l'a dit. Être dedans ou dehors ne change rien pour lui. Il est complètement dans les vapes. Il ne fait pas la différence entre le jour et la nuit. En ce moment, il n'est pas le plus à plaindre.

— Comment peux-tu dire ça ? Comment peux-tu te montrer aussi insensible ? »

Discuter de ce point ne servait à rien. Il soupira. Il espérait qu'un tremblement de terre allait ensevelir cette chambre, condamnant toutes les issues, et qu'ils finiraient enlacés, partageant la dernière goutte d'oxygène – leurs batteries de téléphone depuis longtemps tombées à plat.

« Et si je retournais à l'église avec toi ?... » finit-il par lâcher de but en blanc.

Irène leva lentement les yeux sur lui. Son cœur battit un tout petit peu plus vite.

« Qu'est-ce que tu dis ?

— Je parle d'aller à la messe le dimanche, par exemple. Ça ne me fait pas peur. Participer à vos tombolas, distribuer des vêtements. Joffrey pourrait rapidement me mettre au parfum. »

Le front d'Irène se plissa comme un champ labouré par un homme ivre. Puis son visage se vida de son sang. Les jointures de ses mains empoignant les draps devinrent translucides.

« Tu n'as... tu n'as pas le droit de me faire ça, lâcha-t-elle dans un souffle.

— De faire quoi ? De retourner à l'église ? Voyons, souviens-toi. Tu as essayé de m'y entraîner pendant des années. Tu ne voulais pas que j'aille en enfer, à l'époque. Ça veut dire quoi ? Que je peux aller y brûler désormais ? Je vais demander à Joffrey de me confesser, voilà ce que je vais faire. Et ensuite, j'irai communier. Qu'en dis-tu ? J'ai pensé à ça l'autre nuit. J'ai pensé que si je ne pouvais pas reconquérir ton amour je devais au moins essayer de regagner ton estime... bien que j'eusse aspiré à autre chose, encore une fois. Je ne te le redirai jamais assez. Tu connais mes intentions à ton égard. »

Elle le considéra alors si longuement, si intensément que des fourmis commencèrent à courir sur lui.

« Je crois que tu es devenu complètement fou, lui dit-elle, voilà ce que je crois. En tout cas, tu as tort de plaisanter sur ce sujet. Méfie-toi. Ne te crois pas tout permis.

— Irène, je suis extrêmement sérieux. J'ai senti cet autre feu se déclencher en moi. Toi d'abord, bien sûr, avant tout. Et ensuite la religion. J'ai été enfant de chœur, je te l'ai dit. Tout ça finit par remonter, sans doute. Comme quoi. Écoute, prends-moi à l'essai. Je veux bien passer l'aspirateur dans la nef et récolter les bouts de cierges, pour commencer. Mais j'ai surtout envie d'assister de nouveau à la messe. C'est quelque chose qui me manque beaucoup. »

Il mit un moment avant de s'apercevoir qu'elle pleurait, que de sérieuses larmes coulaient sur ses joues.

Sonia perdit trois ou quatre kilos en quelques jours. Dans un moment de dépression totale, elle prit conscience qu'elle n'avait pas eu de rapports sexuels depuis des mois et elle en ricana doucement toute seule. Les séances un peu frénétiques, avec son dentiste, étaient loin. En cours, les types de son âge qui la regardaient ne lui faisaient rien. Elle se sentait comme anesthésiée.

« C'est normal que tu te sentes comme anesthésiée », lui expliqua Odile un matin en se campant au-dessus d'elle simplement vêtue d'une culotte Petit Bateau.

Les visites n'étaient toujours pas permises et il lui sembla qu'elle se laissait succomber aux caresses d'Odile pour tuer le temps, qui autrement semblait arrêté.

Elle attendait le moment de croiser le regard de David. Bien qu'elle demeurât encore assez choquée par l'épouvantable scène du jardin – un jet de sang avait giclé de la poitrine de Joël et arrosé les jasmins avant que les deux hommes ne roulent dans une même chute –, elle ne vivait que pour l'instant où elle pourrait croiser son regard et obtenir alors une explication ou Dieu sait quoi.

Pendant ce temps-là, elles se caressaient, finissaient de remettre la maison en ordre, spéculaient sur la possibilité d'une guerre contre l'Iran, achetaient des billets pour un concert de Juliette Lewis, chargeaient des films, passaient la tondeuse dans le jardin en fumant de l'herbe, ouvraient leurs boîtes aux lettres, répondaient, etc., de sorte que l'impatience qui dévorait Sonia affleurait à peine à la surface.

Édith avait transporté les cartons directement à l'église – où elle avait reçu de vrais remerciements de la part d'Irène, sous forme d'un bref signe du menton – puis était revenue à l'improviste pour les trouver enlacées, totalement nues et réellement en train de le faire.

« Maman ! Mais qu'est-ce que tu fais là ? Mais qu'est-ce que tu fais là, maman ? »

Édith était redescendue en vitesse. Cela se passait en plein après-midi. Et ce n'était pas tant de voir sa fille dans les bras d'une autre qui la stupéfiait moralement que l'absolue surprise de la chose, le fait de n'y avoir jamais pensé.

« Tu n'étais pas censée *revenir !* » fit Sonia en la rattrapant dans l'escalier.

Édith s'arrêta. « Excuse-moi. Je suis désolée. »

Sonia soupira en levant les yeux au plafond. « Je ne sais pas, tu aurais pu crier *Hello ! Y a quelqu'un ?* Tu vois... ce genre de truc...

— Écoute, Sonia, je ne vais pas avoir une syncope. Calme-toi. Je suis *surprise*, rien d'autre. Je ne m'y attendais pas, c'est tout. Tu sais, je n'ai pas l'intention d'intervenir sur certains aspects de ta vie, je te rassure.

— J'espère que ça ne te défrise pas, maman.

— Ça ne me défrise pas. Au moins, tu ne risques pas de tomber enceinte. »

Quelques secondes passèrent. Puis Édith demanda la permission de boire un verre d'eau avant de partir – un instant, il flotta dans l'air une impression de déjà-vu.

Sonia avait enroulé une serviette de bain autour d'elle. Le jeune obèse dans l'arbre voisin siffla. Le salon avait repris figure humaine. Des traces du passage de Joël, il ne restait rien sinon la porte de la salle de bains qui mesurait à présent plus d'un mètre de large et le bac à douche, démesuré.

« Il a voulu te protéger », dit-elle, s'interrompant pour porter le verre à ses lèvres, puis buvant une gorgée. « Je pense que c'est ainsi que tu dois voir les choses. »

Sonia ne répondit pas. Là où se trouvait le lit de Joël étaient revenus les coussins et la télé, et le jardin paraissait plus grand.

« Tu sais, je le connais bien, reprit sa mère. Crois-moi. Il ne mérite pas qu'on l'abandonne.

— J'attends de le voir. J'attends de l'avoir vu pour me faire une opinion. Si tu permets.

— Bien entendu. Je voulais juste... je voulais juste te faire profiter de mon expérience... te faire part de mon avis... étant bien informée sur le sujet, hum, tu vois. Bon. Eh bien, je vais y aller. Salue Odile de ma part.

— Attends, ne prends pas ce ton pour dire *Salue Odile de ma part.*

— Quel ton ? Il n'avait rien de particulier. J'ai dit *Salue Odile de ma part*, point.

— Mais bien sûr. Quoi ? J'ai fait quelque chose d'interdit ?

— Tu vas bientôt avoir vingt et un ans. Tu es une grande fille. Tu as gagné le droit de coucher avec qui tu veux, je te rassure. Je ne vais certainement pas ouvrir ce débat avec toi. Mais est-ce que ça indique un progrès par rapport à ton dentiste, je ne sais pas.

— Mais personne ne te le demande, maman. Mêle-toi plutôt de ce qui te regarde. Tu ferais mieux de rentrer chez toi.

— Et sinon ? C'est comment ? »

Sonia en resta coite. Édith avait traversé le salon et franchi tranquillement la porte qu'encore sa fille en avait le souffle coupé.

On remportait d'agréables petites victoires, dans la vie – et tout le système fonctionnait sur la méthode des petites récompenses personnelles que l'on en tirait. Clouer le bec de Sonia faisait partie des choses agréables – trop rares – qui pouvaient redonner de l'élan à une journée et donc elle se rendit à l'hôtel où Paul était descendu avec la certitude qu'ils allaient trouver un terrain d'entente car elle se sentait gonflée à bloc.

Au lieu de quoi, il lui tordit le poignet tandis qu'elle lui signait des chèques, il était ivre de rage. Marc en prenait verbalement pour son grade. Il grognait furieusement. Son haleine empestait la charogne – les abcès, prétendait-il, s'étaient succédé depuis leur dernière rencontre et l'attitude de Marc n'avait rien arrangé.

« Ce macaque ! Ce macaque ! scandait-il tandis que les perroquets s'agitaient nerveusement dans leurs cages. Ce putain d'enfoiré de macaque, pour qui il se prend ? Pour qui se prend-il, ce con, dis-moi ? *Ce n'est pas ton argent* qu'il me fait, ce putain d'enculé de macaque ! »

Il reprenait la route le jour même car Sylvie n'était pas le genre de fille à laisser seule trop longtemps, mais pour lui l'affaire n'était pas close. Les chèques ne constituaient qu'une amende qu'il leur infligeait pour avoir été traité comme il avait été traité par le macaque. Paul avait la bave qui lui coulait presque au coin des lèvres à l'évocation du mépris avec lequel on l'avait traité.

« J'ai baisé ce connard en long et en large et il me traite comme si j'étais son valet de chambre, cet abruti. J'hallucine. Je ne l'ai pas baisé en long et en large, peut-être ? Il est complètement aveugle, ou quoi ? »

Il rangea les chèques dans son portefeuille. « J'ai passé davantage de nuits avec toi qu'il n'en passera jamais, déclara-t-il. Mais est-ce qu'au moins ce macaque sait compter ? »

Il commanda deux orangeades tandis qu'Édith se massait le poignet – elle s'était également éraflé le coude sur la table composée d'une mosaïque de petits carreaux de céramique relativement disjoints – et un sparadrap.

« La tranquillité n'a pas de prix, lâcha-t-il en découvrant qu'elle le regardait fixement. Tu ne fais pas une si mauvaise affaire. Blague à part, il faut être riche pour se soigner aujourd'hui. Par exemple, tout le monde ne peut pas se payer un rein. Mais je vais être patient. Ils sont perturbés. Je vais être patient. Je vais commencer le traitement et je vais revenir quand tout sera calmé. Il verra si c'est pas mon argent, ce taré. En tout cas, pense à alimenter ton compte. Tu sais comment ils sont, dans les banques. Ils ne te font pas de cadeaux. »

Il regarda Édith puis se pencha sur elle pour lui administrer une gifle retentissante – elle claqua comme un sac de papier. « Merde, tu m'excuseras, mais j'ai quand même vécu vingt ans avec vous deux. Et c'est tout ce que j'ai en retour ? Vous êtes si ingrates que ça ? »

Sous le coup, les yeux d'Édith s'étaient embués. Elle chercha un mouchoir dans son sac.

« Il faut que tu perdes cette habitude de regarder

les gens avec ton petit sourire, lui conseilla-t-il. Tu vois comme c'est énervant. C'est parti tout seul. »

Elle évita la deuxième. « Bien joué, dit-il. Tu es encore assez adroite. Écoute, je comprends qu'il ne tienne pas à ce que tout le monde soit au courant, je le conçois fort bien, mais dis-moi ce qui va arriver s'il ne se montre pas raisonnable. Hein, dis-moi ce qui va se passer. Je vais te dire ce qui va se passer. Ce con n'osera même plus mettre un pied dehors. Voilà tout. Je te promets de m'en occuper attentivement. Je sais comment faire. Quant à toi, n'oublie pas que je peux parler de tes séjours en milieu fermé. Tu me suis ? Je peux en raconter sur toi. J'ai toujours dit qu'il valait mieux savoir à qui l'on avait affaire dans la vie.

— Mais Paul, tu es ignoble. Nous avions un accord. »

Il lui lança un regard farouche puis se leva en renversant sa chaise et disparut.

Elle resta dubitative, assise, la joue en feu.

Puis elle rentra chez elle et passa un long moment à chercher de la documentation pour son prochain sujet – « Jack Nicholson est-il toujours baisable ? » – tout en rêvassant à autre chose. Une journée supplémentaire, se dit-elle. David vient de passer une journée de plus entre ces quatre murs. Elle soupira. Comment se démerdait-il pour être si attendrissant après l'horrible meurtre qu'il avait commis ? C'était une véritable tragédie.

Blaine avait fait le voyage et l'avait examiné avec d'autres collègues. Il n'y avait pas de surprise. Rien ne différait de ce que l'on aurait pu prévoir, vu ses antécédents. Le plus étonnant était sans doute que David eût connu vingt années de paix relative. Une véritable performance.

Marc n'était pas encore rentré. Le soir tombait. Il faisait un peu lourd. Marga Damanti pratiquait certain exercice dans son jardin. Cela ressemblait à une espèce de danse.

« En fait, je récupère l'énergie qui vient du ciel et que le crépuscule a capturée. Je fonctionne un peu comme une pile. L'énergie dont je te parle flotte à une dizaine de mètres au-dessus de nous. L'énergie est comme un gaz. Je dois crever ce plafond puis rester dessous tandis que l'énergie en question se déverse à flots... il faut en attraper le maximum – sans se faire griller, bien entendu – j'imagine que c'est comme se tenir sous une fontaine miraculeuse – mais je n'en sais rien, je ne suis pas croyante. »

Elle se tourna vers sa maison et déclara que Gilbert était couché depuis trois jours. Le molosse qui la suivait ne semblait pas très en forme lui non plus. « Je ne sais pas ce qu'ils ont » reprit-elle avec un haussement d'épaules. Une petite embarcation descendait le fleuve, moteur coupé, et quelques oiseaux de nuit s'élevaient dans les airs et partaient à la chasse en direction de l'horizon. « Je sentais beaucoup de violence, chez l'un comme chez l'autre. De très sombres vibrations. Ce n'était pas quelque chose que je pouvais régler en quelques séances, malheureusement. Pas ce genre de cas. Pas en quelques séances. Mais je pensais que ce serait Joël qui exploserait le premier. J'en aurais mis ma tête à couper. »

Marc regarda sa montre. Dix-neuf heures. La réunion allait bientôt commencer. Il se tenait sur le trottoir d'en face, les yeux levés vers les fenêtres du premier étage que les Sex.A. partageaient avec les A.A. – qui ne valaient guère mieux. Il suffisait de traverser la rue, mais à cet instant, l'effort à fournir semblait énorme.

Le bilan n'était pas fameux. Pour personne. Mais David et lui méritaient d'obtenir une mention spéciale. L'un pourrissait dans une cellule tandis que l'autre atterrissait chez les Sexoliques anonymes comme le dernier des chiens. Tout ça ne rimait à rien.

Il tourna les talons mais se retrouva nez à nez avec ce type à barbichette qui trouva le moyen de lui faire faire demi-tour en le saoulant de paroles d'encouragement et de bienvenue.

Et ce soir-là, quand ça tomba sur lui, il déclara qu'il estimait que ses progrès étaient minces et qu'il ne savait pas s'il allait s'en sortir. Tous les Sex.A. présents opinèrent comme un seul homme. Le groupe était là pour le soutenir. Il pouvait compter sur le groupe. Ils avaient tous des visages étranges quand on les regardait bien, mais il ne fallait pas y prêter attention, ça se passait sur une autre planète.

Moins de filles mais davantage de branlettes. Le bilan était maigre. Certains se montraient moins catégoriques que lui, qui estimaient que se branler n'était pas ce qu'il y avait de pire, mais les autres leur reprochèrent d'encourager le vice en tenant de tels propos.

Il n'était pas *nécessaire* d'encourager le vice. Tous les Sex.A. ici présents le savaient. À la fin, ils formaient un cercle en se donnant la main et demandaient d'avoir la force de repousser le démon de la tentation en numéro un. « Seigneur, donne-moi la force de changer ! Seigneur, donne-moi la force d'appliquer la Méthode en Douze Étapes ! »

8.

David sortit des brumes en fin de semaine. Il demanda la permission de téléphoner et appela son frère, après quoi un Noir, en chemisette et pantalon blancs, le ramena aussitôt dans sa chambre.

Ces quelques dizaines de mètres l'étourdirent. Il se sentait à peu près aussi en forme que lorsqu'il était sorti du coma, vingt ans plus tôt, bien que son corps ne portât aucune blessure aujourd'hui – c'était tout dire. Il avança en s'appuyant au mur. Il se sentait à peu près aussi mal que la fois où tous ses os s'étaient brisés.

Il avala deux aspirines à midi et il se sentit à peu près bien. À peu près en état de voir Marc, disons. La chambre était petite mais elle donnait sur le parc. Elle ressemblait à une cellule de prison en plus propre et avec une vue plus sympa.

« Ils m'ont sonné les cloches, déclara-t-il en refermant une vague robe de chambre sur un pyjama bleu et des pantoufles en éponge. Ils ne m'ont pas loupé, dis donc. Asseyons-nous. Je tiens à peine debout. Apporte-moi à manger, la prochaine fois.

— David, tu es pâle comme un mort.

— Je ne reviens pas des sports d'hiver, c'est certain. J'ai l'impression qu'ils m'ont rempli le crâne de coton hydrophile. Ils m'ont enlevé le goutte-à-goutte ce matin. Mon vieux, quelle histoire. Mais qu'est-ce que j'ai fichu, au juste ?

— Qu'est-ce que tu as *fichu* ?

— Je sais ce que j'ai fichu, je sais d'où vient le sang que j'ai sur les mains, n'aie pas peur... mais je parlais au sens large, au sens de comment en suis-je arrivé là. Je suis abasourdi, Marc, je suis abasourdi, c'est tout ce que j'ai à dire. »

Il baissa la tête. Marc tendit la main et la posa sur l'épaule de son frère.

« Nous avons quelques bonnes cartes en main. Il est encore tôt pour t'en parler mais...

— J'ai complètement déraillé, non ? »

Marc soupira. « Tu pouvais difficilement faire mieux. Nous sommes tous effondrés, espèce de pauvre crétin. Maman et Josianne ont vidé une bouteille chaque soir, Béa ne se maquille plus et plus personne ne dort très bien. Pour te donner une idée de l'ambiance qui règne un peu au-dehors. Espèce d'idiot. Certains clients ne veulent avoir affaire qu'à toi. Nous allons les perdre. »

Des types étranges se déplaçaient autour d'eux. La plupart traînaient des pieds. Le soleil entrait par les fenêtres mais l'air demeurait vicié.

« Écoute, inutile de t'arracher les cheveux. Tu n'es pas près de me sortir d'ici. Cette fois, vieux, tu n'y pourra pas grand-chose. »

Ils échangèrent un regard un peu soutenu – avec

un soupçon de défi jouissif du côté de David et un soupçon de fureur déterminée du côté de Marc.

« Laisse-moi faire ce que j'ai à faire, répliqua ce dernier. Laisse-moi essayer de réparer un peu. Je ne te dis pas que tu dormiras chez toi avant le mois prochain. Mais laisse-moi faire. Tout se négocie. Tiens, je t'ai apporté le dernier Joanna Newson, carrément sublime. De la part de Sonia. Elle t'aime vraiment bien, malgré tout. Si c'était moi qui te voyais le premier. Je me suis permis d'écouter. Dis donc, tu vas tomber à genoux, tu vas voir ça. Cette fille est monumentale. Ça ne peut que te faire du bien, crois-moi. Personnellement, je suis encore sous le choc. » Il lui tendit un baladeur muni d'une paire d'oreillettes mauves ayant la consistance de la gélatine. « Tâche de ne pas te le faire piquer, fit-il en jetant un regard méfiant autour de lui. Ça a l'air chaud, dans le coin. Je vais voir ce que je peux faire.

— Je ne te *demande pas* de voir ce que tu peux faire, Marc. Je te le ferai savoir si j'ai besoin de quelque chose.

— Ils te donnent quoi, ici, pour te rendre si aimable ? Ils te l'injectent ? Ils te forcent à sucer des queues ? » Il fixa son frère en allumant une cigarette puis reprit : « Tu n'as pas toujours dit ça, espèce de connard. »

David regarda ailleurs. C'était la vérité. Il n'avait pas toujours dit ça. Il lui était même arrivé d'appeler Marc à la rescousse. Mais toutes les bonnes choses avaient une fin, à ce qu'il semblait.

« Avant toi, je ne savais pas ce que le mot "ingrat" voulait dire..., ricana Marc en soufflant de la fumée au plafond de l'espèce de réfectoire où ils avaient atterri. Cela dit, écoute cette fille si tu n'as pas peur de grimper aux rideaux. Touchée par la grâce, elle est. Pourquoi est-ce que personne ne dit rien ? On devrait construire un blockhaus pour la mettre à l'abri, on serait plus tranquille... Mais à part ça, tu ne vas quand même pas me dire que tu trouves une satisfaction particulière à vivre ce cauchemar. David, arrête. Je veux simplement essayer de te rendre la vie le moins pénible possible dans un premier temps. Si tu te faisais opérer de l'appendicite, je ferais en sorte de t'obtenir une chambre individuelle. Je ne vois pas pourquoi je ne le ferais pas. Et si tu me le reprochais, ce serait stupide de ta part. Qu'est-ce que tu y gagnerais ? Quelqu'un a-t-il jamais gagné quoi que ce soit à jouer les bravaches ? Surtout devant son propre frère. Si je peux te faciliter la vie dans cet établissement, tu vas en faire une maladie ? C'est ce que tu cherches à me dire ? »

David déclara qu'il se sentait fatigué et que la visite de Marc serait suffisante pour la journée. Lequel se pencha vers lui : « J'ai entendu parler d'une chose, déclara Marc. C'est confidentiel. Il s'agit de la possibilité, pour quelqu'un dans ta situation, quelqu'un d'un peu privilégié, naturellement, de passer quelques soirs en famille. Que dis-tu de ça ? Mais à une condition : être enchaîné à un parent proche qui se porte garant et te ramène le lendemain matin au plus tard. La formule n'est pas parfaite mais elle donne un peu d'air à tout le monde. Intéressant, non ?

— Ne me dis pas que tu nous y vois déjà. Oui ?

Je rêve. Enchaînés l'un à l'autre de huit heures du soir à huit heures du matin. Douze heures durant. Je savais bien que nous étions dans un asile, ici.

— Tu dis ça maintenant, mais nous en reparlerons dans quelque temps. Il me tarde de voir ça. Par exemple, sais-tu ce qu'Irène donnerait pour t'avoir un soir à sa table ? Je pense qu'elle serait folle de joie. Elle en meurt d'envie, tout simplement. »

David agita une main en direction de l'infirmier de service pour qu'on le ramène à sa chambre. Il ne voulait plus entendre Marc. « Tu veux faire quelque chose pour moi ? Très bien. Donne-moi ton portable.

— *Hein ?* Mais je ne peux pas. Impossible. J'ai toutes mes adresses dedans. »

David secoua la tête puis se leva sans un mot et commença, d'un pas mal assuré, à s'éloigner. Il parcourut environ une vingtaine de mètres au milieu d'autres dingues qui vaquaient à leurs occupations avant que Marc ne revienne sur sa décision et ne lui tendît le dernier Nokia en titane, gravé à son nom, avec une grimace amère.

« J'apprécie ton geste, fit David. Je vais pouvoir donner quelques coups de fil.

— S'il te plaît. Ne te le fais pas piquer. Édith me l'a offert pour mon anniversaire. J'essaierai de te faire passer le chargeur aussitôt que possible. Dis-moi de quoi tu as besoin.

— Tout va bien. Je n'ai besoin de rien. Ou bien le dernier roman de Bret Easton Ellis, je ne me lasse pas de le relire. Ce type est loin devant tous les autres, tu ne crois pas ? Et aussi des cigarettes. Je pense que je vais me remettre sérieusement à fumer. En tout cas, merci pour ta visite... Dis-leur à quel point je suis désolé.

— Je sais que tu es désolé. Nous sommes tous désolés. Le problème est de savoir, à présent, comment nous allons gérer ça. En parler est déjà tellement incroyable... enfin, tâchons de tenir debout dans la tourmente. Je dois quand même te dire, David, que tu nous as secoués. Tu nous as bien secoués. Mais nous sommes avec toi. Nous sommes derrière toi. Nous devons nous soutenir dans la douleur. Je suis en plein là-dedans, en ce moment, figure-toi. Je t'expliquerai. En tout cas, je suis content que tu sois de retour. Bienvenue en enfer. Je plaisante. »

Ils s'étreignirent une seconde puis ce fut David, cette fois, qui regarda son frère s'éloigner, puis les portes qu'on ouvrait devant celui-ci, puis qu'on refermait à clé dans son dos. À côté de lui, deux types se disputaient des biscuits enveloppés de cellophane et un autre rigolait en regardant une table. C'était une expérience un peu extrême qu'il faisait là. Un nouveau saut dans le vide. Mais il fallait porter à son crédit qu'il ne l'avait pas réellement cherché. Tandis que Joël, oui.

Il retourna dans sa chambre, s'assit par terre, dos à la porte, et considéra le téléphone qu'il examina dans une main puis dans l'autre sans pouvoir se décider. Il parcourut machinalement les messages et découvrit qu'une certaine Martine menaçait régulièrement de se suicider si Marc ne donnait pas de ses nouvelles dans l'heure qui suivait. Puis il annula toutes les sonneries et passa en mode vibreur. La première photo était un portrait d'Édith au bord d'une rivière. Venait ensuite Sonia. Puis des photos de femmes, le plus souvent nues, au milieu desquelles il reconnut Martine, la sœur de Béa, avec son visage de porcelaine, sa silhouette longiligne et sa fente rose, et la pensée lui vint que mettre fin aux jours d'un corps aussi frêle, d'apparence si fragile, ne devait pas être très compliqué.

Pour appeler, il attendit la nuit. Les différentes pilules qu'on lui avait fait avaler avant l'extinction des feux commençaient à le faire planer. Les arbres du parc étaient plongés dans le crépuscule. On entendait de drôles de bruits, largement étouffés par le parfait ajustement des huisseries et le revêtement caoutchouté du sol, humains et moins humains, ou encore les bribes d'une litanie lointaine ou des râles. L'étage était bouclé.

Josianne passa la moitié de la conversation à se mordre les lèvres tandis qu'il s'excusait à l'autre bout du fil pour tous les ennuis qu'il causait.

Il était parfaitement sincère. Un voile recouvrait ce qui se trouvait entre l'instant où il s'était avancé vers Joël avec son sécateur et celui où il avait ouvert les yeux dans cette chambre, sanglé sur ce lit, avec un mal de tête épouvantable. Il n'avait rien prémédité. Qu'il fallait remercier le Ciel qu'elle ne fût pas enceinte revenait comme un leitmotiv au cours de leur pénible échange. L'émotion était grande. Le bruit des larmes silencieuses de Josianne le glaçait jusqu'à la moelle, au point qu'il rentrait sa tête entre ses épaules dès qu'un nuage passait, mais, en même temps, il se sentait incroyablement léger et presque euphorique.

Ensuite, il n'appela pas la mère mais il appela la fille. Entendre la voix de Sonia le revigora. Elle désirait le voir le plus vite possible. Il dit qu'il serait sans doute enfermé dans une cage comme un animal sauvage. Elle répondit qu'elle s'en fichait. Il s'essuya le front. Il déclara qu'il considérait déjà comme un grand avantage qu'elle consentît toujours à lui parler après l'épreuve qu'il lui avait infligée.

Au terme des quelques paroles pleines de retenue qu'ils tinrent, il resta allongé sur son lit, savourant le silence qui s'était installé sur la ligne avant qu'ils ne raccrochent. Le ciel était d'un noir magnifique, d'une distance infinie. Pour la première fois depuis des jours, il respira calmement. Les pilules qu'on mettait au point aujourd'hui se révélaient de pures merveilles, entraînaient vers le bonheur total. Son cou, qui ce matin encore ressemblait à un bout de bois, se détendait enfin.

Quand un visage se pencha sur lui, David le vit flou. Tout comme le deuxième. Normal. Il venait de recevoir un violent coup à la tempe qui lui avait brouillé la vision.

Ensuite, une traînée de sang gicla sur le mur. Et ce fut le sien. Et ce fut le début d'une épouvantable série de coups en tout genre, une sorte de pluie furieuse qui le précipita en plein chaos. L'un des deux types faisait *han !* avant de lui balancer un coup de pied ou un coup de massue sur la tête.

On le retrouva le lendemain matin, couvert de sang séché, à peine capable d'ouvrir la bouche pour demander à boire, incapable de dire ce qui s'était passé. Une femme de ménage nettoyait déjà le mur, une autre faisait ronfler la serpillière et une autre entreprenait de lui changer son pyjama qui ressemblait à celui d'un fusillé traîné dans les ronces, troué, déchiré, ensanglanté ici ou là. Le directeur était présent, le médecin chef était présent, l'infirmier en chef et quelques responsables se tenaient là et tout ce petit monde était catastrophé et se mordait les doigts.

David trouva la force de leur demander de sortir de la chambre. Il avala avec empressement une poignée d'analgésiques à base de morphine tandis que la douleur irradiait tout son corps. Que s'était-il passé ? Les deux types n'avaient pas dit un mot, l'avaient dérouillé jusqu'à ce qu'il perde connaissance sans lui laisser le moindre indice concernant leurs motivations. Pas la moindre carte de visite.

Quelques minutes plus tard, un infirmier arriva pour les points et on le transporta à l'infirmerie.

Les quelques fous déjà levés à cette heure le regardèrent passer sur une civière, dans son pyjama propre, mais avec un œil fermé et le visage barbouillé de sang, hirsute. Une belle journée se levait au-dessus du parc, scintillait entre les branches. La promesse de l'aube.

Il avait le cuir chevelu entaillé en deux endroits mais il commençait à sourire car la douleur refluait à présent sous les effets de la morphine. Il ne sentit même pas les piqûres de l'anesthésie. Il remarqua qu'une infirmière lui tenait la main et que son visage se présentait sous les traits de la Bienveillance absolue et que sa main avait la douceur et la fraîcheur de l'amande fraîche.

L'agression dont il avait été victime semait une belle pagaille dans l'établissement. Ceux qui ne couraient pas dans tous les sens étaient aux petits soins avec lui.

Il commanda du homard à midi. Le directeur y tenait. Après le dessert, il obtint une dose de morphine supplémentaire sans avoir besoin de se rouler sur le sol.

Il demanda un miroir. On lui en apporta un. Il s'adressa un médiocre sourire et déclara qu'il ne recevrait aucune visite jusqu'à nouvel ordre.

Il y avait néanmoins quelques éléments de satisfaction à la volée qu'il avait prise. Repousser les visites, retarder le moment où il faudrait en venir au cœur du sujet, voilà qui n'était pas négligeable. Voilà qui permettait de reprendre pied.

Dans l'après-midi, il sortit à peine d'un sommeil cotonneux du bord duquel il lui sembla entendre la voix de Marc qui parlementait derrière la porte, mais l'image était un peu gélatineuse et lui-même se voyait comme une flaque argentée. À son réveil, il n'était sûr de rien.

En fin de journée, on le transporta dans une autre chambre, bien plus vaste, bien plus ensoleillée. On lui expliqua qu'il y serait bien mieux et qu'on y attrapait mieux le réseau. La télé avait un grand écran. Il y avait un fauteuil, des coussins et un minibar où tout était gratuit.

Est-ce que ça ne donnait pas à réfléchir ?

« Vous n'avez pas eu l'impression de cogner trop fort ? Non ? Vous avez vu dans quel état il est ? »

Marc était furieux. « Quel intérêt de prendre des flics si c'est pour avoir des bouchers sans cervelle, dites-le-moi. Les gars, vous ne faites pas honneur à votre uniforme, c'est moi qui vous le dis. Je ne suis pas sûr que je vous recommanderai autour de moi. »

Il sortit néanmoins deux enveloppes de sa poche, épaisses, et les poussa devant lui. « Sinon, tout s'est bien passé ? Pas d'ennuis ? »

Il les raccompagna jusqu'à leur voiture dont le gyrophare fonctionnait. Il regarda partir les deux flics qui avaient réduit son frère en bouillie, en dehors du service. Ça donnait envie de vivre dans un autre pays, mais lequel ?

Il se tourna vers sa secrétaire : « Dites-moi, Béa, vous les avez trouvés où, ces deux-là ? »

Elle haussa mollement les épaules.

« Oh ! L'un d'eux est un vague cousin... Ils ne vous ont pas donné satisfaction, Marc ?

— Ils ont failli le tuer, vous voulez dire. Le discernement et eux... Quand je pense que ces hommes sont *armés*. Ça ressemble à une blague. »

Elle s'effondra derrière lui. Un air tiède dansait dans les fanions suspendus au-dessus du parking. Il l'aida à se relever, à s'épousseter en lui demandant si ça allait.

« Dans quel état est-il ? fit-elle d'une voix tremblante.

— Pas beau à voir, je vous le garantis. »

Elle trébucha de nouveau, comme frappée par une main invisible. Il la considéra fixement une seconde avant de reprendre : « Le tableau est un peu éloigné de ce qu'on imaginait, mais enfin les résultats sont là. Écoutez, Béa, vous êtes sûre de ne pas faire d'hypoglycémie ? »

Elle secoua négativement la tête.

Un pâle sourire s'afficha sur ses lèvres tandis que Marc récapitulait les gains de l'opération. David allait dorénavant bénéficier de la bienveillance d'un directeur soucieux d'éviter le scandale et du maximum de confort qu'on pouvait espérer en ces lieux. Elle inspira profondément. Elle aurait donné son bras gauche pour se trouver au chevet de David à cet instant et le réconforter, mais elle éprouva également du plaisir à se tenir dans l'ombre de ce qui avait œuvré pour l'amélioration du sort de celui-ci et ses poumons s'emplirent de miel.

Un pas était franchi dans la bonne direction. L'avocat en convint – mais il ne voulut pas connaître les détails d'une méthode si moralement indéfendable. Irène et Josianne poussèrent quelques cris horrifiés pour commencer mais reconnurent à leur tour qu'un bon cran venait de se desserrer, d'autant que David n'avait rien de cassé.

Simplement, il ne voulait voir personne. Marc pensait qu'il fallait respecter son désir. Qui aurait souhaité se montrer avec une figure pareille – aussi appétissante qu'une vieille tarte aux quetsches abandonnée au soleil ? « Souviens-toi de ta propre expérience en la matière », suggéra-t-il à sa mère qui cherchait déjà à obtenir une dérogation spéciale.

Le soleil se couchait lorsqu'il arriva chez lui. Il actionna l'ouverture du garage à distance et attendit la fin de *Only Skin* avant de descendre, légèrement ébloui.

Il prépara deux martinis-gin et monta à l'étage.

Le bureau d'Édith constituait une chose qui l'intimidait et l'excitait à la fois. Elle travaillait à une large table rectangulaire sur laquelle il avait pris l'habitude de l'allonger – mais sans tout flanquer par terre, *please* – et qu'elle avait placée de manière à ne pas voir le fleuve, sinon son vague reflet sur les saules quand il se transformait en coulée ardente, et un maximum de ciel.

Il commença par lui annoncer que David allait bien et lui tendit son verre en se penchant pour l'embrasser dans le cou. « Il est un peu plus amoché qu'on ne le voulait, c'est tout. Mettons que c'était le prix à payer. »

Il se posta à la fenêtre cependant qu'elle se mordillait la lèvre en plongeant un regard vide sur l'écran de son ordi qui venait de passer en mode veille et semblait filer au travers de merveilleuses galaxies.

« Malheureusement, grimaça Marc en baissant les yeux sur son verre, je n'ai pas pu lui éviter ça. Deux imbéciles pareils. Cette partie-là, je ne pouvais pas la maîtriser. »

Elle se pencha pour lui attraper la main. C'était risqué. Mais les sentiments qu'elle éprouvait pour cet homme étaient forts. Et il n'avait jamais laissé tomber David, l'avait toujours protégé du mieux qu'il le pouvait et elle lui était reconnaissante de ça.

Plus fort encore : elle attira la main de Marc contre sa joue.

Celui-ci était en train d'examiner la lumière qui brillait dans la chambre des Damanti – se faisant la réflexion que Gilbert et Marga ne s'étaient pas exhibés depuis un moment.

« Je pense que nous pourrons le voir très vite et très facilement. Bientôt. Maintenant que nous avons arrondi les bords. Mais ne me demande pas quand. Il ne veut voir personne pour le moment. Ce que je peux facilement comprendre. Je leur avais pourtant bien dit : “Les gars, ne lui abîmez pas trop la figure... les gars, allez-y mollo”, et eux : “Oui, m'sieur, bien m'sieur, pas de problème”, ces deux abrutis.

— *Ils lui ont abîmé la figure ?*

— Chérie, je viens de t'expliquer que oui. Que nous n'avions pas eu affaire à des lumières. Les types se sont défoulés, okay ? Ça me rend malade autant que toi. Mais bon, dans quelques jours il aura dégonflé et d'ici à une quinzaine, il n'y paraîtra plus beaucoup. »

Elle secoua la tête en gémissant. À présent, elle ne savait plus s'ils avaient bien fait. David révélait chez les femmes leur côté stupidement maternel. Marc ne s'en étonnait plus. Ce qu'aimait par-dessus tout la plupart des femmes, c'était de jouer à la maman.

Il crut discerner, dans le crépuscule, des silhouettes encapuchonnées qui traversaient, en procession, le jardin des Damanti.

« Il se passe de drôles de trucs, à côté. On dirait qu'ils ont de la visite.

— Laisse-les avoir de la visite. Arrête un peu. Occupons-nous de nos affaires. Ils ne font de mal à personne. »

Il alla chercher ses jumelles et les braqua sur la

maison d'à côté malgré l'indignation d'Édith. Il semblait s'agir d'une cérémonie. Les participants, dont la tenue rappelait davantage le Ku Klux Klan que celle des majorettes, s'étaient assis en cercle au milieu du salon chichement éclairé à la bougie. Sur des coussins. Marga se tenait au centre.

Ordinairement, ces gens-là se suicidaient en groupe.

Édith lui confisqua les jumelles. Les rues étaient truffées de caméras mais certains gardaient encore de vieux réflexes concernant la vie privée.

Elle se laissa prendre sur le canapé – pas question d'utiliser la table où des feuilles étaient savamment éparpillées –, se pliant à l'exercice de bonne grâce car il faisait bon, l'air du soir dispensait à coup sûr une sorte d'aphrodisiaque. Vivre avec un sexolique avait des avantages et des inconvénients. Elle ne pouvait pas passer son temps à se plaindre. Quand tant d'autres restaient sur leur faim – l'avantage de travailler pour un magazine féminin était d'avoir des chiffres et des milliers de témoignages (les lettres débordaient de trois énormes sacs de la poste, sans compter le courrier électronique) sur le sujet.

Elle espérait que les Sexoliques anonymes n'allaient pas le tuer. Qu'ils n'allaient pas *trop* lui enlever. Souvent, comme en toute chose, l'équilibre était difficile à trouver en matière de sexe. Une seconde, tandis qu'il haletait dans son dos, elle faillit lui avouer qu'elle avait cédé au chantage de Paul, mais elle ne parvint pas à rassembler le courage nécessaire – et ainsi ne risqua pas de mettre en péril le pur moment de paix et de calme qui s'ensuivit.

Si David ne voulait voir personne, qui allait l'obliger ? Sûrement pas elle.

Blaine l'avait prise à part et lui avait dit de faire très attention. Très très attention. Que tout ce matériau était de la dynamite. Il était gentil, Blaine. Le peu de confiance qu'il avait en elle donnait le tournis. « Au fond, vous ne m'aidez pas beaucoup », lui avait-elle dit. Sur un ton amer car elle était consciente de ses progrès. Elle n'avait pas commis d'erreur. Sans doute quelques petites erreurs, mais pas de *grosse* erreur. Elle était sortie du gouffre, elle s'en était extraite pas à pas, centimètre par centimètre. Qu'il le reconnaisse ou non.

Elle se sentait en état de manipuler de la dynamite sans tout se faire sauter à la figure. Elle habitait au bord d'un fleuve, non ? Elle avait passé l'épreuve de l'inondation sans une seule crise d'eczéma, ne songeait plus à mettre fin à ses jours, avait remis ses affaires en ordre, plus ou moins. Elle lui souhaitait d'autres patients aussi exemplaires qu'elle, aussi exemplaires de leur complète guérison. Que voulait-il de plus ?

Elle n'avait plus vingt ans. Elle n'était plus aussi folle qu'elle l'avait été. Elle aimait Marc. Les choses se passaient assez bien. Elle se sentait parfaitement capable de soutenir David dans cette épreuve si cela était nécessaire. Elle serait là s'il cherchait une épaule pour s'appuyer. Maintenant que tout était clair. Maintenant qu'il était devenu une espèce de frère pathétique.

Elle passa Sonia à son père avant de se replier vers la salle de bains avec quelques Kleenex – plutôt pas mal de Kleenex – entre les jambes. Elle éprouvait toujours un plaisir étrange à les entendre discuter ensemble – même s'ils ne constituaient pas un modèle d'entente et de compréhension.

Au moins les avait-elle réunis. Ne fût-ce que pour cette unique raison, elle se sentait profondément satisfaite d'avoir rompu le détestable enchantement qui les avait figés vingt ans plus tôt et dont ils se réveillaient un peu plus chaque jour, légèrement étourdis. Elle avait eu raison de le faire, elle en était certaine à présent. La vérité était le plus doux des élixirs, après tant d'années. La vérité était le glaive de Dieu, se disait-elle.

À l'époque, elle avait dû disparaître avant qu'il n'y eût un mort, elle n'avait pas eu d'autre choix... mais elle s'était fait le serment de revenir, elle se l'était juré, et les choses reprenaient un sens et se calaient les unes avec les autres depuis son retour. Et c'était heureux, l'apaisant ralentissement de toute cette agitation était le bienvenu car son travail l'accaparait de plus en plus. Il n'y avait jamais trop d'heures dans une journée – et le temps qu'elle passait à *City* se trouvait en perpétuelle expansion.

Le froid était bloqué cinq cents kilomètres plus au nord – mais plus personne ne prêtait attention à ces anomalies climatiques. Les plus hardis se promenaient encore en tee-shirt, les marchands de pantalons humaient l'air tiède avec dégoût et consentaient déjà de gros rabais sur les vêtements d'hiver. Bien entendu, les jours étaient plus courts et lorsqu'elle travaillait au journal elle se laissait souvent surprendre par l'obscurité, ce qui la déstabilisait un instant.

Les crises de dépression aiguës étaient loin, mais la brève panique qui la saisissait quand elle s'apercevait que les ténèbres flottaient autour d'elle, derrière les baies, en avait encore le goût.

Le soir, l'air devenait littéralement sucré – avec un léger parfum de fruit décomposé – et stagnait. Après avoir jeté un coup d'œil sur le ciel et pensé à la température, elle baissa les yeux sur une file de silhouettes encagoulées qui sortaient de chez Marga et regagnaient de grosses limousines garées devant l'allée.

Marga ne lui disait pas tout, semblait-il. Le lendemain, elle alla la trouver et lui demanda s'il y avait un moyen d'intervenir en faveur de David. Marga voulut savoir ce qu'elle entendait au juste par *intervenir* et elle se révéla incapable de répondre, elle n'en avait pas la moindre idée. Elle se souvint heureusement qu'elle était pressée et retourna sur ses pas en vitesse tandis que le danois, devant elle, courait après un oiseau blanc – l'imbécile.

« Ta mère a toujours cherché à l'aider. Elle était douée pour ça. Mais c'est un fameux pouvoir qu'il détient d'éveiller ainsi la compassion. Il ne s'en est jamais privé.

— Et ça te mettait hors de toi.

— Et ça me mettait hors de moi, bien sûr.

— Et ça commençait dans le salon et vous vous rouliez par terre, jusque dehors, comme des chiffonniers.

— Exactement. Elle n'a pas exagéré. Il ne se passait pas une semaine qui ne se termine par un pugilat. En général, on ravivait des blessures encore fraîches. Je me souviens qu'elles n'avaient guère le temps de cicatriser. Ta mère nous en faisait la réflexion. Parce que tu sais, je ne sais pas si tu as déjà connu ça, mais David et moi étions sacrément amoureux d'elle.

— C'est ce que j'ai cru comprendre.

— Sacrément amoureux d'elle. Tu sais, il arrive un moment où c'est comme une maladie. On ne peut plus s'en défaire.

— Ce que tu me racontes là, je vais te dire, je n'y crois pas. Personne ne tombe amoureux à ce point-là.

— Même à moi. Même à moi ça semble inimaginable, mais c'est pourtant la pure vérité. Nous vivions dans une autre dimension. Rien ne semblait assez vertigineux. Prendre le métro ou l'avion ne présentait pas le moindre risque. On ne fouillait personne. On avait le droit d'embarquer son dentifrice. On pouvait fumer. Se laisser pousser la barbe... Tu vois, tomber raide dingue amoureux était la moindre des choses.

— En tout cas, il m'a appelée.

— Je sais qu'il t'a appelée. Il était terrifié à l'idée de t'avoir fait vivre ça... Entretemps, ils ont eu un problème, l'autre nuit, il est arrivé quelque chose, mais rien de très grave, rassure-toi. Il n'a rien de cassé. Il est juste contusionné.

— Marc. De quoi parles-tu ?

— Sidérant. Des types ont pénétré dans sa chambre et lui ont flanqué une trempe carabinée. Sans donner la moindre explication. Tu imagines ça ? Le degré de violence du monde où nous vivons, nous autres Occidentaux ?

— *Qu'est-ce que tu dis ?*

— Longtemps, le monde des Blancs a pu apparaître comme un rêve. Mais regarde à quoi ressemble le rêve, aujourd'hui.

— *Je ne te parle pas de ça.*

— Oui, je sais. Mais j'ai de bonnes nouvelles depuis : il dort. Il a été transféré dans une chambre plus confortable, donnant sur le parc, et dès qu'il le souhaitera nous pourrons lui rendre visite.

— Et c'est tout ? Pas d'autre explication ?

— Pas pour le moment, en tout cas. Enfin, n'oublions pas qu'il est entouré de cinglés, que certains peuvent être violents. J'imagine que les choses n'ont pas toujours un sens, dans le coin. Je l'imagine aisément. Il suffit de regarder les gars cinq minutes.

— Il pense que c'est une malédiction.

— Que *quoi* est une malédiction ?

— Les fauteuils roulants.

— Oui. Les fauteuils roulants. Bien sûr. Je ne sais pas. Drôle de coïncidence, tu me diras. Oui. Bien sûr. Hum. Je ne sais pas s'il est nécessaire de se casser la tête avec ça. Qu'il ne commence pas à délirer. Je compte sur toi pour lui dire d'arrêter.

— D'accord. Mais pour ça, il faudrait que je le voie.

— Tu vas le voir. Bien sûr que tu vas le voir. Il nous le dira lorsqu'il se jugera présentable.

— Ça peut prendre *des semaines.*

— Je dirais oui, dans ces eaux-là, ça se pourrait bien. Pourquoi ? Il y a urgence ?

— Il a assassiné mon ex-petit ami. Tu l'as oublié ?

Il a poignardé Joël juste sous mon nez, j'étais à moins d'un mètre.

— Ma pauvre chérie. Je sais. Nous vivons un cauchemar.

— J'ai besoin de savoir. J'ai besoin de le voir pour comprendre.

— Tout à fait légitime. *Tout à fait* légitime. J'entends bien. Mais que veux-tu que je te dise. Je ne connais pas de pire tête de cochon à des kilomètres à la ronde. S'il a décidé qu'il ne voulait voir personne, ni toi, ni moi, ni le pape ne pourrions le faire changer d'avis.

— Et pourquoi tu aurais le droit, et pas nous ?

— Pourquoi ? Parce que moi c'est différent, je suis son frère. Ce n'est pas la première fois que je le vois amoché. Il ne craint pas de m'effrayer. Enfin, Sonia, tu ne peux pas comparer. Ce n'est pas une question d'avoir le droit ou de pas avoir le droit. C'est mon frère. David est mon frère. On est du même sang et du même sexe.

— Emmène-moi.

— Que je t'emmène où ça ?

— Emmène-moi. La prochaine fois que tu y vas, emmène-moi. Je suis ta fille il paraît. Je suis ta fille, alors emmène-moi.

— Je ne vois pas le rapport. Tu as de ces raccourcis.

— C'est important que je sache.

— Est-ce que l'entêtement est un trait du caractère féminin ou est-ce moi qui n'ai pas de bol avec vous autres ? Peut-être que l'eau que vous buvez est empoisonnée ?

— J'apprécierais que tu fasses ça pour moi.

— Sonia. Si j'étais à sa place, j'en ferais autant. Je n'aurais pas envie que tu me voies dans cet état, les deux yeux pochés, avec cette figure grotesque, repoussante, affreusement laide. Tu ne regardes pas la boxe, à la télé ? Eh bien c'est ça, c'est exactement ça, et ensuite le type rentre chez lui en rasant les murs, le cœur au bord des lèvres. Et les enfants et les vieillards s'évanouissent sur son passage tellement la figure du gars ressemble à du Francis Bacon.

— Je suis extrêmement sérieuse.

— Chérie. J'ai renié ton grand-père parce qu'il m'avait trahi. Ne charge pas trop ma barque. Ne me fais pas faire une chose avec laquelle je ne pourrais pas vivre.

— Je lui dirai que je t'ai suivi, que tu n'étais pas au courant.

— Mmmm... Tu crois que c'est suffisant ? Je veux dire, pour ma propre estime ? Et que va-t-il se passer, après, tu vas m'appeler papa ? Je me demande si ça vaut le coup. Je me demande si ça en vaut la peine. Je me demande si ça vaut la peine que j'outrepasse la volonté d'un homme couché sur un lit d'hôpital. Tu es sûre que ça ne peut pas attendre ? Imagine si les autres faisaient comme toi.

— C'est quoi, ce que j'entends ?

— Eh bien, ça vient du jardin de Marga. Je crois qu'elle tire un feu d'artifice. En tout cas, ça y ressemble. Écoute, laisse-moi jusqu'à demain pour réfléchir. Laisse-moi le temps de respirer. Je vais aller faire un peu de gym pour me vider l'esprit. Ça me fera du bien. Dis donc, tu entends ça ? Cette femme est folle, je te le garantis. »

Il proposa à Édith de l'accompagner, mais elle déclina, elle allait travailler un peu et peut-être regarder un film maintenant que Marga semblait en avoir fini avec ses feux de Bengale.

A priori, le sport était bon pour ce qu'il avait, ce trop-plein d'appétit sexuel qu'il devait éliminer chaque jour sous peine d'exploser. Le sport apportait une saine fatigue. Le sport et la religion pouvaient aider. Après une heure de rameur, les forces lui auraient manqué pour seulement culbuter une vieille – qui aurait conservé un corps de jeune fille.

Il suffisait de fermer les yeux. Il suffisait de ne pas regarder ces femmes en plein effort, dans leurs tenues, quelles qu'elles fussent. Celles qui s'agitaient en musique, simplement vêtues de collants. Celles qui gonflaient leurs biceps. Celles qui travaillaient leurs fessiers. Celles qui pédalaient dans le vide, couchées sur le dos. Celles dont les joues rosissaient. Celles qui se mordillaient les lèvres. Celles dont la raie des fesses était marquée par un mince filet de sueur. Il suffisait de regarder ailleurs. Ou d'amener de la lecture. Ou de fixer l'écran qui diffusait le énième épisode de *Vingt-Quatre Heures* qu'on avait téléchargé la veille ou un documentaire sur la fonte de la banquise ou la disparition des lacs.

Il était tard. Le centre se vidait. Il grimpa sur un vélo et entra son âge, son poids, choisit une durée et un niveau de difficulté, puis commença l'exercice en repensant à la conversation qu'il avait eue avec sa fille, et dont il ne pouvait que se féliciter.

Le courant commençait à passer entre eux. Il

s'étaient suffisamment entendus et heurtés pour que s'établisse davantage de proximité tout au long de ces derniers mois et, s'il était encore tôt pour crier victoire, on pouvait faire état de signes encourageants. D'un solde positif.

Les dix premières minutes se révélaient toujours les pires. Ensuite, on n'y pensait plus. Les muscles se détendaient, la respiration se stabilisait et l'on se sentait plus léger. Il y avait une femme qui pédalait en face de lui, assez mal fichue, quelconque, et une station diffusait des informations sur une de ces épidémies saisonnières qui se propageaient d'un bout à l'autre du globe à la suite d'un séisme ou de l'extermination d'une partie de la population par une autre. Il fallait envoyer de l'argent, il fallait envoyer de la nourriture, il fallait envoyer des bras et des jambes artificiels par camions entiers.

Accidentellement, ils se rapprochèrent. La femme voulait savoir comment on programmait l'appareil qui remplaçait une marche dans la neige avec des raquettes et il lui donna quelques indications. Leurs regards se croisèrent un centième de seconde. C'était ça, être un sexolique. C'était exactement ça.

Il retrouva la femme dans les douches et la baisa dans un placard à balais, près du vestiaire des hommes, une fausse blonde qui plus était, et à la limite de la sécheresse vaginale. Cette idée qu'après une séance de gym, il n'avait même plus la force de sauter une vieille sans défense aucune se révélait donc fausse. Un sexolique aurait rampé sur des cailloux pointus pour baiser une charogne.

9.

Le père Joffrey félicita Victor pour les nouveaux engagements que celui-ci semblait vouloir prendre et qui allaient le rapprocher de l'Église. Il s'agissait de trier des vêtements récoltés pour la Croix-Rouge et Victor avait donc accompagné Irène ainsi qu'il s'y était proposé quelques jours plus tôt.

Un infime espoir subsistait dans le cœur du prêtre pour ce qui concernait le minibus tant convoité : dans un accès de ferveur religieuse, Victor Sollens pouvait très bien financer le projet à lui seul. L'aide que Victor venait leur apporter aujourd'hui était une bonne surprise et augurait bien de l'avenir. Rien de tel que le retour du pénitent. Il caressa affectueusement l'épaule de Victor.

De l'autre côté de la montagne de vêtements à trier se tenait Irène, que l'on sentait tour à tour perplexe et nerveuse de le voir là – cet homme lui avait tendu tant de pièges –, là, soudain devenu doux comme un agneau et œuvrant pour le bien des plus démunis. Elle ne parvenait pas à y croire. Élisabeth Dorflinger non plus. Quant à Valérie Ardentropp, elle estimait qu'il fallait peut-être lui laisser une chance et les deux autres de trouver qu'elle était trop bonne.

Joffrey vint jeter le trouble en déclarant qu'il décelait au contraire une vraie sincérité chez Victor et qu'elles seraient étonnées du nombre de cas semblables qu'il avait pu lui-même observer depuis son ordination jusqu'à maintenant, du nombre de cas où la brebis égarée rentrait dans le rang du jour au lendemain, comme d'un coup de baguette magique.

Au bout d'un moment, ils firent une pause pour boire une orangeade. Des particules de textile voletaient dans la lumière. Quelques scouts fermaient des cartons.

Joffrey déclara qu'il ne dormait plus guère depuis que l'*effroyable* était advenu et qu'il priait pour David plusieurs fois par jour. Pendant ce temps, Irène examinait Victor à son insu et regardait fixement une veine qui battait à son cou.

Le soir, pour le dîner, ils commandèrent thaïlandais et il se pencha de nouveau sur Géraldine pour lui enseigner le maniement des baguettes. À croire qu'il le faisait exprès. Lui qui s'était montré si distant avec ses propres enfants – sauf lorsqu'il s'agissait de parler mécanique ou de l'ouverture d'un nouveau circuit ou de la meilleure adhérence des pneus Michelin.

Pouvait-on pardonner à un tel homme ? Pouvait-on seulement en avoir envie ?

Les réticences de Bradge la sidéraient. Pourquoi ne voulait-il pas la prendre comme maîtresse, l'animal ? Elle se sentait furieuse contre lui. « Tous ces boniments que vous m'avez servis sur ma beauté préservée, Nicolas, sur ma *soi-disant* beauté préservée... » Elle ricanait amèrement tandis qu'il baissait les yeux.

Nicolas aurait pourtant présenté des tonnes d'avantages. Convaincue que seul un autre homme pouvait la libérer de Victor, elle en voulait à celui qu'elle avait sous la main et qui ne se cachait pas de l'aimer depuis le premier jour et qu'elle considérait comme un ami et qui ne rechignait pas à lui caresser les seins sous prétexte que les cancers pullulaient, de ne pas y aller.

Elle espérait que le Seigneur lui permettrait de conserver sa fierté et qu'Il n'armerait pas le bras de Victor de pouvoirs contre lesquels elle ne pourrait résister. C'était tout ce qu'elle demandait. D'avoir la force de dire non à cet homme. Chose qui lui semblait encore la plus facile du monde à réaliser au printemps dernier, avant qu'il ne remette les pieds dans cette maison. Moins maintenant que son assurance faiblissait.

Elle se sentait parfois d'une très vieille école. Issue d'un moule ancien.

Par chance, il l'avait presque anéantie en quittant le toit familial. Et cette explosion de pure douleur qu'il avait déclenchée en elle avait forgé la pointe de flèche avec laquelle elle avait l'intention de lui transpercer le cœur.

Elle n'était pas assez grande, ni assez forte, ni assez généreuse pour lui pardonner. Elle était parfaitement consciente du péché d'orgueil qu'elle commettait ainsi et qui lui vaudrait sans doute un assez long séjour dans les cercles du purgatoire, mais elle acceptait d'être damnée.

Quoi qu'il en soit, cette affaire devait passer au second plan. Il y avait plus urgent, plus grave. La présence de Josianne, si morfondue, si hâve, était là pour le rappeler. La pauvre fille. À présent, primo, son mari se retrouvait chez les fous. Secundo, son ex-mari s'était transformé en hamburger sur un trottoir de la ville. Et son fils, tertio, s'était noyé dans les vingt centimètres d'eau claire d'un bassin pour enfants tandis qu'elle était occupée ailleurs.

Ces pénibles événements s'étaient déroulés au cours des six derniers mois et Josianne semblait accuser le coup, ce que l'on pouvait comprendre – comme si le mauvais sort s'acharnait. Elle mangeait mal, prenait des somnifères, et les séances de natation quotidiennes la laissaient sur les genoux, vacillant sous la douche, vidée, pétrifiée par ce surplus d'infortune qui la frappait.

Irène savait tout ça. Parfois, Josianne avait besoin de parler et Irène l'écoutait – après avoir fait signe à Victor de s'éclipser. Ce soir-là, apprenant que David refusait toute visite jusqu'à nouvel ordre, elle déclara que c'était la preuve qu'il ne l'aimait pas réellement et Irène tâcha de lui prouver le contraire jusqu'à une heure avancée de la nuit.

Puis elles montèrent se coucher. Puis Josianne redescendit sur la pointe des pieds un peu plus tard et se faufila vers la sortie sans que personne se mette en travers de son chemin. Car il y avait une chose qu'elle n'aurait pu accepter et cette chose lui imposait d'agir maintenant, de foncer. Elle enleva le frein à main et laissa la Mini glisser un peu dans la descente avant d'embrayer.

Elle traversa le quartier où elle habitait autrefois et accéléra en passant devant chez elle, comme si une main lui empoignait la nuque. Lorsqu'elle s'arrêtait à un feu et qu'on voyait cette craquante infirmière en uniforme au volant de sa Mini rouge et blanche, des types sifflaient – encore ne voyaient-ils pas la partie la plus renversante de son anatomie, ces putois, ces chiens galeux.

David était enfermé à l'autre bout de la ville, au nord de la gare, dans un bâtiment de brique rouge d'aspect stalinien, flanqué d'un parc, et dont un étage entier était réservé aux malades mentaux, le plus souvent d'inoffensifs crétins ou de parfaits idiots, mais aussi de vrais agités, de vrais furieux, de potentiellement dangereux – et quelquefois de vrais assassins –, et cet étage était bouclé. Il se dégageait de l'ensemble, bien que la nuit fût claire, une atmosphère sinistre.

Josianne savait que l'on n'obtenait pas grand-chose sans efforts. Arriver jusqu'à lui n'allait pas être facile. Mais elle traversa le hall la tête haute, d'un pas assuré, serrant contre sa poitrine un bloc-notes et sans même poser un œil sur les deux filles de l'accueil qui lui jetèrent à peine un regard tandis qu'elle se dirigeait vers les ascenseurs. Une fois au premier, elle s'avança vers la grille qui fermait l'étage et au-delà de laquelle s'ouvrait un vaste hall, sombre et désert à cette heure.

L'infirmier de nuit refusa de lui ouvrir. Elle le considéra. Elle connaissait ce genre de type. Elle travaillait avec les mêmes. Ce genre-là était le genre *complètement borné.*

Elle avait heureusement son sac et de l'argent. Cent euros le firent ricaner. Deux cents, sourire. Il s'agissait d'un type jeune aux cheveux gominés, très gourmand. Le salaud. Elle n'avait que cinq cents euros, il les lui prit et l'avertit que cette somme n'allait pas lui donner droit à y passer des heures. Elle avait intérêt à se dépêcher.

Cinq cents euros. Pour le voir quelques minutes. La vie devenait hors de prix. Elle baissa les yeux, hocha la tête. Il l'entraîna vers un couloir, lui montra une chambre, puis indiqua sa montre.

Il s'agissait de grosses portes munies de hublots. La pièce où se trouvait David était faiblement éclairée mais elle le distinguait très bien, quoiqu'un peu déformé par l'armature du verre, et il semblait dormir, étendu sur le côté, face au mur. Elle l'observa un instant avant d'entrer. Du bout du couloir, le type lui lança une insulte pour l'inviter à ne pas s'endormir.

Elle entra. C'était relativement spacieux, les fenêtres donnaient sur le parc dont les arbres se découpaient dans la nuit claire. La lueur provenait d'une télé à écran plat qui diffusait des images de camions entiers remplis de poulets qu'on jetait dans des fosses. Le son était coupé. Elle s'avança dans son dos. Elle allait être la première à prendre de ses nouvelles. Comme cela devait être. Il n'était pas question de manquer une seule occasion d'occuper ce terrain, de montrer aux Sollens qu'ils ne pouvaient pas lui disputer sa vraie place. Rien moins que sa femme, voilà ce qu'elle était. Rien moins que sa femme. Et la femme passait en premier, il lui semblait avoir toujours su ça. Que l'épouse passait avant les autres chez les gens civilisés.

Elle tendit la main vers son épaule, puis se ravisa. Devait-elle le réveiller ? Lui expliquer qu'elle avait décidé de passer outre à son désir de ne voir personne ? Qu'elle avait eu cet effroyable culot-là ? Elle pesta intérieurement, songeant qu'elle avait présumé de ses forces.

Et pour tout dire, elle finit par se sentir un peu bête. Elle n'avait jamais dépensé tant d'argent aussi stupidement de toute sa vie. Puis des larmes coulèrent sur ses joues lorsqu'il se tourna dans son sommeil et lui présenta un visage si tuméfié qu'elle ne le reconnut pas durant un instant. Elle versa des larmes silencieuses. Elle chercha des yeux de quoi s'asseoir, posa ses remarquables fesses sur un tabouret proche en métal vernissé, de facture solide.

Elle en avait le souffle coupé. Elle ne disait rien mais couvrit sa bouche de sa main. Ça, David n'était pas beau à voir. Pas beau à voir du tout. Ses yeux ressemblaient à des pruneaux. Sa peau était jaune, verdâtre, violacée, luisante, pareille à de la viande avariée. Josianne avait vu des centaines de visages dans cet état, mais pour celui-là, elle n'était pas immunisée.

Elle renifla, se tamponna les yeux. Elle sortit un petit bloc de son sac avec l'intention de lui rédiger un mot qu'il trouverait à son réveil. Quelque chose d'encourageant. Qui ne laissait pas entendre qu'on allait passer l'éponge sur le meurtre de Joël, mais qui restait néanmoins tourné vers l'avenir. Un mot pour lui rappeler qu'elle était sa femme et qu'elle était passée mais n'avait pas voulu perturber son sommeil et que les sentiments qu'elle éprouvait à son égard constituaient l'unique excuse de sa présence ici et ne donnaient que la mesure de son inquiétude. Un gentil petit mot. Comme elle aurait aimé en recevoir.

Elle le rédigea sur ses cuisses, souhaitant qu'il le trouve à son réveil et qu'il sache qu'on ne l'avait pas abandonné, et elle encore moins que les autres *puisqu'elle était sa femme*, l'être duquel, en d'autres termes, il devait se sentir le plus proche.

L'infirmier cogna au hublot – alors qu'ils avaient toute la nuit devant eux. Elle connaissait ce genre de type. Avec un vrai fond mauvais. On en trouvait toujours.

En P.S. elle ajouta qu'en dépit de leurs déboires, un vaste avenir les attendait et qu'elle gardait confiance – d'ailleurs, chacun voyait en elle une fille solide et l'on ne se trompait guère à ce sujet. Elle ajouta qu'elle espérait lui rendre visite au plus vite, dans des conditions normales, et l'infirmier dans son dos lui demanda si elle avait l'intention d'écrire ses Mémoires, parti comme c'était.

Elle ne répondit pas. Elle griffonna de nouveau quelques lignes à propos des liens qui les unissaient malgré les épreuves qu'ils avaient traversées et qu'ils traversaient encore et qui n'en constituaient pas moins la route qu'ils bâtissaient ensemble, pavée de sang et de larmes mais en faible quantité par comparaison aux...

Elle ne termina pas sa phrase car le type venait de l'attraper par le bras et la tirait en lui indiquant la sortie.

Josianne écrivait rarement, et encore moins ce genre de choses, dans ce registre sentimental qu'elle ne maîtrisait pas très bien et qui ne traduisait que grossièrement les émotions qu'elle éprouvait. L'arracher ainsi à un exercice dont elle s'acquittait avec difficulté et appréhension, la traiter ainsi sans ménagement et avec la muflerie propre à cette engeance, innée, comportait naturellement quelques risques.

Mais sur l'instant, elle pensa qu'il convenait avant tout de ne pas réveiller David, si bien qu'elle ne poussa qu'un petit grognement bref, presque un couinement, lorsque ce fichu infirmier de garde la fit se lever de son siège sans autre ménagement.

Une fois debout, cependant, elle dégagea son bras d'un geste rageur, d'un regard si furieusement noir que l'autre hésita. Elle en profita pour déposer son mot – qu'elle agrémenta de points de suspension – sur le chevet de David.

Après quoi elle se tourna et empoigna le tabouret – elle avait appris ça autrefois dans les bars où l'entraînaient son ancien mari durant leurs premières années de mariage. Elle avait pourtant un air déterminé, un air qui en aurait fait réfléchir plus d'un, mais l'autre ne voulut pas y prêter foi. « Que veux-tu faire de ça, petite conne ?... » Il arborait un méchant sourire, incapable de prendre une seconde la menace au sérieux.

L'instant d'après, il atterrissait brutalement sur le

sol tandis que le bruit du tabouret heurtant son crâne vibrait encore dans la pièce comme celui d'une cloche de mauvaise qualité.

Elle côtoyait en permanence de tels individus. Plus nombreux qu'on ne le croyait. Il ne fallait pas prendre de gants avec eux. Quiconque ayant un minimum d'expérience savait qu'empoigner un tabouret était la bonne disposition à adopter si l'on avait affaire à eux.

Le type se maintenait au bord de l'évanouissement, dodelinait comme un homme ivre. Elle se baissa sur lui et récupéra ses cinq cents euros. Affaire classée.

Vincent Delborde déclara qu'il valait mieux opter pour la folie si l'on voulait épargner à David des années de prison. De deux maux, choisir le moindre. Bradge vida son verre et annonça qu'il se chargeait d'obtenir les bilans psychiatriques nécessaires.

Personne ne trouva à redire. L'avocat s'occupait du reste. Il pouvait également aider en tant que maire. Tout le monde opina. Et le même jour, à l'autre bout de la ville, un homme se barricada avec sa famille et, pour finir, ils y passèrent tous les six à la suite de l'assaut malheureux que donna la police. Cependant, cette tuerie arrangeait leurs affaires. L'avocat déclara qu'il était désolé de dire ça mais qu'objectivement, tout ce qui pouvait faire oublier David, il prenait, tout ce qui écartait les projecteurs, il prenait, tout ce qui occupait le devant de la scène, il prenait.

Victor ne l'appréciait pas beaucoup mais trouvait que le bougre avait certaines qualités, le cynisme, la clairvoyance, la pugnacité, etc., dont la plupart des types normaux se révélaient démunis. Bradge était de cet avis. Ils se servirent un verre. D'autres poursuivaient la conversation sur le balcon, se penchaient au-dessus du jardin verdoyant. Il était aussi beaucoup question de cette nouvelle disposition concernant la sortie de certains pensionnaires, sous certaines conditions, qui semblait alléchante. Être enchaîné à David jusqu'au lendemain matin ne semblait effrayer personne. On croyait rêver.

Lorsque son tour arriva, Sonia savait déjà de quel côté elle penchait et elle posa la main sur la main de David tandis qu'il gardait la tête baissée pour ne pas la mettre mal à l'aise avec sa figure d'accidenté. Elle lui expliqua que l'on ne pouvait pas ne pas prendre en compte le fait qu'il voulait la protéger. On ne pouvait pas. Impossible, quant à elle. Il répondit qu'il fallait être vraiment fou pour commettre ce qu'il avait commis. Comme il n'avait pas encore droit au parc, ils fumèrent une cigarette à sa fenêtre.

« Es-tu vraiment fou ? » lui demanda-t-elle. Il ne répondit pas mais elle sentit qu'il souriait.

Elle repensa pendant des jours à cette visite, mais ne parvint pas à donner une réponse satisfaisante à cette question. Pour Odile, elle ne se posait même pas : il manquait une case à David, et elle le pensait déjà avant qu'il ne poignarde Joël. Mais Odile pensait la même chose de la majorité des gens qu'elle croisait, en sorte que son jugement ne valait pas grand-chose.

Un drôle de type, ça sûrement. Complexe. Pour ça, les adultes la fascinaient. Parfois, le fond était vertigineux. Et rendait tellement fades les garçons et les filles de son âge, aux visages roses et lisses – elle les observait durant les cours et finissait consternée jusqu'à ce qu'elle repose les yeux sur un prof quinquagénaire qu'elle trouvait infiniment plus sexy.

Odile levait les yeux au ciel. Pour elle, il n'y avait rien de plus dégoûtant qu'un corps qui s'amollissait, qui perdait ses cheveux, qui se coinçait, qui fabriquait de la peau morte. Sonia profita d'une soirée où presque tout le monde était malade – après l'essai d'un nouveau produit en provenance des pays de l'Est – pour demander à Odile ce qu'elle trouvait de séduisant à ces petits mecs vautrés dans leur vomi.

Le débat était sans fin. Sonia se forçait à flirter pour ne pas s'enfermer d'un piège dans un autre – bien qu'Odile ne fût pas trop exigeante, étant bi elle aussi –, mais l'exercice ne dépassait guère l'instant où l'élu, enhardi, lui mettait la main entre les jambes avec un grognement satisfait et s'y prenait comme s'il s'agissait de malaxer une motte de terre pour lui redonner vie.

Un vrai désastre. En fait, elle devait remonter à son dentiste si l'on parlait de vrai plaisir sexuel – que cet homme fût ou non le plus grand connard du monde et cultivât une molle bedaine de prélat. Cette époque semblait déjà lointaine. Les excès auxquels elle s'était livrée, les humiliations qu'elle avait endurées s'éloignaient de la surface tandis que le souvenir du foudroiement qu'apportait la jouissance la confondait.

Roberto passa dans la semaine afin de remplacer le bac à douche qui faisait flipper tout le monde – et dont la matière blanche jaunissait de façon mortifère – et elle resta l'après-midi avec lui au lieu d'aller en cours, à écouter les histoires qu'il remontait du passé et tirait des mille et une aventures de la bande qu'il formait avec les deux frères, Édith et Catherine Da Silva.

La partie la plus émouvante de ces récits provenait de l'évidente adoration qu'il vouait aux deux lascars dont il était de tous les coups. Parfois, il la faisait rire aux éclats en rapportant quelque anecdote désopilante ou haut fait qui leur valait de passer la nuit au poste pour dessoûler. Au terme de chaque histoire, il gardait un moment le silence et baissait les yeux avec un vague sourire aux lèvres. Son crâne rasé luisait.

À l'époque, déjà, David était le plus violent. Contrairement à l'idée que l'on se faisait au premier abord. David pétait quelquefois les plombs. Il ne servait à rien de le cacher. Mais lui, Roberto, pouvait également témoigner du formidable compagnon qu'était David, ou du moins qu'il avait été. Car aujourd'hui, avec les Sollens, il semblait qu'un fossé se fût creusé. Chose à laquelle il ne voulait pourtant pas croire déclara-t-il en embarquant le bloc-douche sur ses épaules dont les tatouages roulaient, charmants.

Il en ramena un autre qui ressemblait à une capsule spatiale munie d'une demi-douzaine de robinets et d'une pomme de douche de la taille d'une cloche à fromage. Il commença à l'installer pendant qu'elle ramenait du thé sur un plateau. Elle aimait bien le regarder travailler. Elle aimait bien regarder *n'importe qui* travailler. Avec une préférence pour la maçonnerie et le terrassement – les travaux publics confinaient à l'orgasme, la beauté était partout.

Il demanda quelle tête faisait David, s'il grimaçait, s'il se sentait perdu, si lui, Roberto, pouvait faire quelque chose – sans cesser d'utiliser sa visseuse électrique. Il se faisait du mauvais sang pour lui, un sang d'encre.

Elle le rassura du mieux qu'elle put. Elle en profita pour le remercier de l'aide qu'il leur apportait alors qu'il avait sans doute mieux à faire, à quoi il répondit qu'au contraire, avec ce truc de lavage automatique, il n'avait pratiquement plus rien à faire, sinon ramasser les pièces et les amener à la banque, dans des petits sacs.

« Ce serait plutôt à moi de te remercier, soupira-t-il. Merci de me changer les idées. »

Il emboîta les coques de Plexiglas montées sur roulettes, puis il prit Sonia dans ses bras et ils s'effondrèrent ensemble sur le tapis de bain où ils poursuivirent et alimentèrent un de ces baisers à flanquer le feu dans une forêt.

Irène demanda finalement à Victor de lui prêter son bras alors qu'ils avaient à peine franchi la moitié du hall. On pouvait très bien imaginer ce qu'elle ressentait, vingt ans après. David était interné. Il s'agissait d'un formidable échec. Le Seigneur lui envoyait une bien terrible épreuve. Devant l'ascenseur, elle avala une gorgée d'alcool puis suça un bonbon à la menthe. Ses jambes lui semblaient tellement faibles, si peu aptes à la soutenir, qu'elle se mordit l'intérieur des joues pour ne pas tomber.

Pour une mère moins sensible au salut de l'âme de son fils, l'état du visage de David aurait sans doute provoqué la perte d'équilibre dont elle s'était prémunie tout à l'heure en serrant le bras de son mari, mais Irène demeura stable lorsqu'il s'approcha d'elle. Encore mieux lorsqu'il la serra dans ses bras. Les bleus et les bosses, Irène connaissait. Les yeux au beurre noir, les lèvres éclatées, toutes les sortes d'ecchymoses, les plâtres, les points de suture, elle connaissait depuis longtemps.

Elle le garda contre elle de longues minutes, sans dire un seul mot, et on ne pouvait rien faire d'autre que d'attendre qu'elle ait fini. Victor regarda ailleurs. Ensuite, il donna une espèce d'accolade, raide et brève, à son fils. « Ne fatigue pas trop ta mère », lui glissa-t-il à l'oreille tandis que celle-ci déballait une petite croix qu'elle fixa au mur avec du Scotch double face.

À midi, il l'emmena déjeuner dans un restaurant où l'on mangeait un sublime canard au thé et ensuite ils rejoignirent Joffrey pour mettre au point la tombola du dimanche.

Victor se proposa aussitôt pour tenir un stand. Victor Sollens. Tenir un stand. Elle sentait à la fois la colère et la curiosité monter en elle. Cet air de saint qu'il avait pris. Comment savoir si c'était vrai ? Jusqu'où ce démon allait-il aller ?

Le soir venu, il l'installa dans un fauteuil et lui massa les pieds. Ce n'était pas un grand masseur, mais il se débrouillait.

Qu'importait ce qu'il obtenait d'elle, parfois, et presque par surprise. Il n'était pas près de parvenir à ses fins s'il visait davantage que ces rares et brèves séances dont il n'y avait rien à dire. Ou si peu. Au moins avait-elle pu vérifier que sa pénible expérience ne l'avait pas handicapée ni dégoûtée à jamais. Elle éprouvait encore, Dieu merci, un certain désir pour la chose, et ce désir la rassurait, lui donnait une assez bonne indication sur l'état de sa féminité.

Il était à ses pieds. Elle s'était juré qu'il reviendrait et se traînerait à ses pieds. C'était bon. Fichtrement agréable. Elle commençait à aimer ce pouvoir qu'elle avait sur lui, elle devait l'admettre. Elle n'était pas pressée.

Elle observa ce joli cœur, le dimanche matin, derrière son stand composé d'un infâme bric-à-brac, de vêtements de seconde main, tout fringant, et elle se demanda si elle devait se pincer. En tout cas, il avait le don de l'énerver.

Elle confia le sien, de stand, à Valérie Ardentropp qui avait mis des rubans dans ses cheveux pour l'occasion, et elle rejoignit Victor.

« Mais qui crois-tu tromper, comme ça ? À quel jeu joues-tu, exactement ?

— Pardon ? Je ne joue à aucun jeu. De quoi parles-tu ?

— De quoi je parle ? *De quoi je parle ?* Dis-moi ce que tu fais ici. Explique-moi.

— Je vous donne un coup de main. Ça ne se voit pas ?

— Victor, fais bien attention. Fais très attention. Ne joue pas à ce petit jeu avec moi. »

Autour, les gens commençaient à prêter l'oreille. Elle s'approcha de lui et reprit d'une voix sourde : « Tu ne me feras plus jamais souffrir, je te le garantis.

— Te faire souffrir ? Qui parle de te faire souffrir ? Mais dis-moi, ne pourrait-on pas trouver un autre endroit ou un autre moment pour discuter de ces choses-là ?

— Quelles choses ? Tu as des hallucinations, mon ami. Nous n'aurons plus jamais l'occasion de discuter de *ces choses-là*, toi et moi. J'espère que tu n'as pas cru que... oh, je t'en prie, ôte-moi d'un doute. »

Une femme désirait acheter un sablier électrique qu'il suffisait de brancher pour voir le temps s'écouler comme dans un vrai sablier. Irène la pria de repasser « ... car voyez-vous, ce monsieur-là, ce monsieur qui a quitté femme et enfants, qui a déserté le toit familial, ce monsieur que vous voyez là pense avoir encore des droits, ce monsieur rentre à la maison un beau matin et il faut cependant lui expliquer que tout ne va pas se passer comme il l'espérait.

— Excuse-moi, Irène, mais je ne vois pas le rapport avec le fait que je participe à une action caritative. Essayons de ne pas tout mélanger.

— Au moins, lorsque tu m'as quittée, tu ne me l'as pas envoyé dire. Je t'ai respecté pour ça. Aujourd'hui, tu t'avances masqué et ce n'est pas à ton honneur. As-tu ajouté la duperie comme nouvelle corde à ton arc ?

— Et si je te disais que je suis ravi d'être là et de me rendre utile ? Si je te disais que je me suis fait à l'idée que tu ne me pardonnerais jamais ? »

Ils se jaugèrent du regard. Joffrey vint voir ce qui se passait et plaida pour un rapide retour au calme car, pas plus que Victor désormais, Irène ne pouvait se prévaloir d'une conduite exemplaire. Ils devaient méditer là-dessus tous les deux, reconnaître leurs erreurs respectives et ne pas ajouter leurs disputes intimes à la confusion qui régnait autour d'eux.

Irène fit remarquer au père Joffrey qu'il commettait une lourde erreur en ayant oublié qui signait les chèques à son intention.

Il la rattrapa sur le parking. À soixante-trois ans, Irène veillait à se maintenir en forme. Elle était à peine essoufflée. Elle pointa un doigt sur la poitrine du prêtre. « Taisez-vous, Joffrey. Écoutez-moi. Si vous avez fait ça juste pour obéir à ce sale petit truc de connivence masculine, si vous avez fait ça par solidarité pour votre espèce, Joffrey, je ne mettrai plus les pieds dans votre église, vous m'entendez.

— Irène, écoutez, j'ai pensé qu'il n'était pas pertinent d'ouvrir un autre front par les temps qui couraient. Ai-je eu tort ? N'ai-je pas raison de vouloir limiter les dégâts ? Vous savez bien que mon rôle n'est pas d'attiser un camp contre l'autre. Maintenant dites-moi. Comment va David ? Ne me faites pas languir plus longtemps. Dites-moi. »

L'affaire se déroula en partie sur le carrelage de la salle de bains, en partie sur le parquet du couloir. Le plus souvent, Sonia se tenait dessus. Il s'agissait d'étreintes fiévreuses dont ils ressortaient étonnés, presque inquiets, mais il ne leur venait pas à l'idée d'aller chercher plus confortable. Leurs coudes et leurs genoux dégustaient mais personne ne s'en rendait compte. Il se passa un bon moment avant qu'un premier mot fût échangé.

Pour commencer, le soir tomba. Puis Roberto se prit la tête entre les mains et se mit à gémir. Sonia était la dernière fille au monde qu'il aurait dû toucher. Mais comment allait-il pouvoir s'en passer désormais ? Shakespearien. En baisant avec Sonia, il signait son arrêt de mort, pourtant.

Elle était la fille d'Édith. La fille de Marc. La nièce de David. La petite-fille de Victor et d'Irène Sollens. Catherine Da Silva allait le détester. Tout le monde allait le maudire. Mais comment cela était-il possible ? L'amour l'inondait. L'amour le pétrifiait. Il resta de longues minutes à la regarder sans lui parler. Quant à Sonia, elle ne valait guère mieux.

Mais lui, à quarante-deux ans, qu'est-ce qu'il avait fabriqué ? Quelle excuse avait-il ? Et que comptait-il faire avec cette princesse, à présent ? La fille de Marc. Rien que d'y penser lui donnait le vertige. Il se disait qu'il n'avait pas le droit.

Sonia lui expliqua que si. Elle caressa ses tatouages, caressa son crâne rasé qui l'excitait étrangement, énormément. Nous n'avons que vingt-deux ans d'écart, soupira-t-il tandis qu'elle frottait sa poitrine contre lui après l'avoir enduite d'un gel *ad hoc* astucieusement pêché dans l'armoire à pharmacie.

Il sauta par-dessus le mur du jardin pour éviter Odile et rentra chez lui pour enfourcher sa moto

Guzzi et se livrer à quelques exercices de pure vitesse sur l'autoroute. Au-dessus de deux cent cinquante, les radars n'enregistraient qu'une tache lumineuse, évanescente. À la vitesse où filait Roberto, elle n'apparaissait même plus, l'air seul frémissait après coup.

Il s'arrêta sur une aire de repos, en pleine forêt, et nettoya la visière de son casque maculée de purée d'insectes au moyen d'une lingette imprégnée de produit à vitres, les yeux dans le vague. Il n'avait aucune idée de la manière dont il convenait d'agir à présent que l'irréparable était commis. Il envoya un message à Sonia. *Illuminé.* Bien qu'il fût entouré de puissantes ténèbres.

Sonia trouva le mot important, inattendu. *Illuminé.* Était-ce de bon augure ? Roberto avait-il décidé de l'étonner ? Avait-elle enfin trouvé un homme capable de s'émouvoir à la lecture de Virginia Woolf tout en étant un bon baiseur ?

Elle préférait ne pas y croire tandis qu'elle arrosait le jardin qui réclamait encore beaucoup d'eau malgré la saison au lieu d'être un bon jardin qui aurait dû dormir à présent et non exubérer comme en plein été, et même carrément *pousser* et faire de nouvelles feuilles.

Puis Odile déclara qu'elles avaient prévu de prendre un bain ensemble à son retour, que ce bain était prêt, parfumé à la crème de riz blanc, et qu'elle avait acheté un pénis à double tête pour le cas improbable où elles auraient été en panne d'inspiration ou en train de bouder leur canard à piles.

Sonia essaya. Odile préparait un bain comme personne et Odile était son amie. Les bains avaient toujours constitué une excellente entrée en matière, bien connus pour alanguir les plus têtus, briser les sages résolutions ou émoustiller les organes, mais cette fois rien n'y fit.

Son tête-à-tête avec Roberto semblait avoir annihilé sa capacité à ressentir quoi que ce soit – jusqu'à nouvel ordre. Elles s'épuisèrent. N'y tenant plus, elles parlèrent. Si bien qu'au bout d'un moment Odile prit un air froissé et sortit de la baignoire qu'elle enjamba sans plus de précautions.

Elle glissa, poussa un cri et tomba brutalement sur le dos, dans une flaque. Elle demeura étrangement immobile. Puis elle grimaça, son menton trembla et elle se mit à pleurer.

Non pas que la perte de sa partenaire sexuelle l'eût séduite outre mesure. Elles passaient de bons moments ensemble. Elles se simplifiaient la vie. Elles se soutenaient. Et faute de se donner le grand frisson, elles maintenaient une saine activité dans ce domaine, une bonne hygiène, propre à satisfaire le plus grand nombre. Mais elle ne pleurait pas pour cette raison. Ses lèvres ne se pinçaient pas pour ça – dans une vaine et dérisoire tentative de repousser l'émotion qui grondait à ses portes.

Que de bonheur, au contraire ! Que de joie, d'excitation, cette histoire lui procurait ! Ce conte de fées. Tout ce qu'elle adorait. Cet événement si rare. Elle était folle de ça. Quelle fleur bleue sous ses airs insensibles. Chère Odile. Et tous ces ennuis qui se profilaient à l'horizon pour les deux amants, songeait-elle, toutes ces épreuves qu'ils auraient à surmonter et qui raffermiraient leur amour, dans le meilleur des cas. Combien pouvaient se vanter de connaître une telle extase ? Par exemple, étaient-ils aussi nombreux, ceux qui avaient reçu tant de grâce, que ceux qui avaient fièrement grimpé sur le toit du monde ? Odile n'en était même pas sûre. Quelques poignées semées au-dessus des continents. Pas davantage.

10.

Paul se réveilla à l'aube et trouva un message de Marc qui lui donnait rendez-vous après la fermeture des bureaux. Or il détestait se réveiller à l'aube – l'aube étant, d'après lui, réservée à ceux qui pointaient et aux bouffons – et il détestait recevoir des ordres d'un type comme Marc Sollens qui ne semblait pas avoir compris que lui, Paul, n'était pas un de ses employés, un quelconque subalterne, *no sir,* mais rien moins que celui qui l'avait coiffé sur le poteau autrefois, celui qui avait raflé la mise en embarquant Édith et le chèque d'Irène qui marchait avec. Sans doute Marc ne l'avait-il pas digéré. Il y avait de grandes chances. Se faire baiser de cette manière. Marc Sollens. Paul en riait encore.

Tout le monde avait rêvé, à un moment ou à un autre, de se faire l'un des deux frères, d'une manière ou d'une autre. Mais personne n'avait osé. Se mettre Roberto et Catherine Da Silva à dos, par la même occasion, ne présentait pas de gros avantages. Roberto pouvait vous casser la gueule et Catherine vous tirer le portrait dans son journal d'étudiants de manière que vous fussiez obligé de raser les murs jusqu'à la rentrée suivante, complètement ratiboisé. Mais bref. Personne ne voulait y aller. Personne. Sauf un.

Sans doute un des plus beaux moments de sa vie. La semaine passée à mettre au point leur départ – tandis que les deux autres tâchaient de ne pas claquer des suites de leurs blessures après leur délirant valdingue – fut sans doute la plus belle de sa vie. On le regarda différemment, on l'admira, on lui donna ce qu'il était bien en mal de retrouver aujourd'hui en tant que scénariste, on l'invita en terrasse, on trinqua avec lui, on l'envia. Et au fond, c'était exactement ce qu'il désirait, il n'en demandait pas davantage. Passer pour le gars encore plus malin que ceux qu'on prenait pour les plus malins. Il n'avait pas eu à réfléchir pendant des heures lorsque l'occasion de prétendre à la succession s'était présentée.

Il avait de bonnes dents, à l'époque. Il avait les cheveux blond cendré. La perspective d'une retraite confortable avec la plus belle fille de la fac ne lui faisait pas peur. Il pensait occuper son temps libre à devenir écrivain – mais ça ne s'était pas fait car il n'avait pas trouvé le bon piston et aucun éditeur de ce pays ne valait le coup.

La lumière du jour s'intensifia et un rayon de soleil, jaillissant par-dessus la colline, traversa la chambre et se posa sur le corps de la femme-enfant qui se refusait à tout rapport sexuel tant qu'il aurait ses vilaines dents et son haleine de rat crevé. Il adorait quand elle lui disait qu'il avait une haleine de rat crevé alors qu'un nouvel abcès battait à ses tempes et que la douleur le rendait fou. Il adorait littéralement.

Il décida de ne pas y aller. Et, fier de lui, il retourna se coucher auprès de la jeune et belle enfant qui l'avait ensorcelé avec son petit spaghetti et autres charmes qu'elle avait en option et pour lesquels il avait signé, sans discuter du prix. S'allongeant, admirant le fabuleux grain de peau qui s'offrait au soleil, il se demanda ce que l'autre avait en tête, ce connard.

Pour être franc, Édith et Sonia lui manquaient un peu – même pour le peu qu'ils échangeaient, même pour le peu qu'ils partageaient vers la fin – et il ne pouvait nier qu'un retournement s'était opéré à l'avantage de Marc. Il grommela brièvement. Ces deux femmes et lui avaient constitué une famille. À ne pas oublier. Ce n'était pas rien. Certes, il avait des choses à se reprocher, il ne prétendait pas à la perfection, mais Édith et Sonia ne recevaient pas de médaille pour leur part. La tendresse et l'affection n'avaient jamais été leur fort, du moins vis-à-vis de lui. Cela ressemblait à une écharde. Qui aurait transpercé son amour-propre et lui piquait le cœur, mine de rien.

Personne n'était parfait. Il promena un doigt dans la vallée que formait la hanche. Il demandait son dû, rien de plus. Chaque homme devait avoir sa part de gâteau et libre à certains de ne pas la réclamer, libre à certains de marcher sur les genoux si ça leur plaisait. Si elle continuait de se refuser ainsi à lui, Sylvie allait l'envoyer rejoindre David. Il admirait autant de pouvoir. Il en soupira gaiement intérieurement. En soi, le phénomène était scotchant. Il y avait un livre à écrire là-dessus – mais ce ne serait pas lui qui l'écrirait.

Il retourna à son ordinateur et demanda à Marc pourquoi *lui* ne venait pas. Mais au moment d'envoyer le message, il se ravisa puis l'effaça. Eu égard aux derniers événements. On pouvait affirmer sans crainte que les Sollens ne se civilisaient pas, avec le temps. Et qu'ils traversaient une période si confuse qu'une étincelle pouvait mettre le feu aux poudres et se retourner sur son auteur avant qu'il ait dit ouf.

« Je suis sous antibiotiques, répondit-il. J'espère que ce n'est pas juste pour un verre, *amigo.* »

Il se présenta devant les grilles du garage à la nuit tombée. La nuque raide, les yeux écarquillés. Il allait finir par connaître en détail les cinq cents kilomètres de bois, de forêts, de campagnes, de hautes herbes, de futaies qui les séparaient, tandis qu'il voguait de nouveau sur un océan de verdure lumineuse – parfois aussi dense que de la crème d'épinards.

Le sac de sport rempli de billets qui attendait à l'arrivée aidait censément à lutter contre l'endormissement que provoquait une aussi verte monotonie, résolument étrange, mais il bâilla pourtant, cependant que le portail métallique glissait sur ses rails en ronronnant et lui ouvrait le passage.

Il ne se sentait pas très en forme, moralement. Bien qu'il fût sur le point de ramener un bon paquet d'argent à la maison, Sylvie avait refusé de lui accorder certain crédit avant qu'il ne prenne la route et c'était un homme dépité qui s'était mis au volant – la queue entre les jambes. Le voyage l'avait fatigué. Et lorsqu'il voulut tirer de la banquette arrière la lourde caisse qu'il avait embarquée, il se demanda s'il ne s'agissait pas d'une enclume. La soulevant, il vit des étincelles de lumière danser autour de lui. Putain. Il chancela. Est-ce que l'autre allait venir l'aider ?

Il posa son fardeau. Une tonne. Volumineux comme un panier à linge. Une forte lumière blanche tombait il ne savait d'où et flottait sur le parking et les locaux au-dessus desquels pivotait sur son axe le sigle Mercedes rehaussé de néons bleus. Un bureau était éclairé, celui de Marc, et la silhouette de ce dernier se découpait et restait immobile.

Comprenant que ce dernier n'allait pas faire un geste, Paul ricana puis serra les dents et souleva la caisse dans ses bras. Putain. Il était en sueur avant de faire un pas. Allaient-ils seulement, lui et sa lourde caisse, passer dans l'escalier ?

Quoi qu'il en soit, il n'était pas venu jusqu'ici pour chercher des histoires. Si Marc voulait se payer ce petit plaisir, s'il voulait le voir suer pour venir empocher l'argent, okay, ça marchait, certains s'amusaient comme ils pouvaient. Ce sacré Marc. Pauvre Marc, songea-t-il. Puis il franchit l'entrée promptement, les veines du cou gonflées comme des tuyaux, dans la lumière clignotante d'un éclairage défectueux qu'on entendait grésiller quelque part.

« Ça en fait beaucoup », déclara Marc.

Paul posa la caisse sur la table basse et souffla une seconde, les deux mains aux hanches.

« Quarante kilos, répondit-il. Putain.

— Bière ? »

Il acquiesça, envoyant quelques gouttes de sueur sur la moquette. Il mit le pied dessus. Tandis que Marc se penchait sur le minibar, il attrapa une photo au hasard et déclara qu'elle avait été prise une dizaine d'années plus tôt, sur une plage de la côte. Marc la lui arracha aussitôt des mains et la regarda fixement.

Il y en avait d'autres, des centaines. Pendant longtemps, Paul s'était demandé si la photo n'était pas une voie dans laquelle il devait s'engager, qui lui permettrait de s'exprimer autrement qu'à travers une littérature totalement soumise au commerce.

« Sur celle-là, elle s'était rasé la tête. Une période où elle n'allait pas très bien. »

À ce moment, il s'aperçut qu'une tache sombre s'étalait sous sa chaussure. Sa sueur ? Ça ne pouvait pas être sa sueur, bien sûr. Trois petites gouttes ne pouvaient pas imbiber autant de moquette. Il tâcha d'en cacher le plus possible avec son autre pied.

« Et donc, fit Marc sans cesser d'examiner d'autres photos, si j'ai bien compris, tu avais l'intention d'aller crier sur les toits que je m'étais inscrit aux Sexologues anonymes ?

— Écoute, vieux, n'abordons pas ce sujet. Ne commençons pas. Je viens de faire cinq cents kilomètres, je t'ai apporté ce que tu voulais.

— Tu crois que ça m'amuse ? Tu crois que j'entreprends le programme des Douze Étapes et des Douze Traditions parce que ça m'amuse ? Tu crois que je n'en souffre pas ?

— La question n'est pas là, attends, la question n'est pas là. Personne ne fait de sentiment, ici. Prends un match de boxe. Le type ne se demande pas si son coup va faire mal à l'autre. Ils se livrent un combat. Point. Il n'y a presque rien de personnel, là-dedans. Ne le prends pas plus mal que ça. »

Il baissa les yeux pour vérifier que la tache s'agrandissait invariablement sous ses pieds.

« Se moquer de la maladie d'un homme, fit Marc en examinant le phénomène à son tour, je ne trouve pas ça très bien. Je trouve ça parfaitement inélégant.

— Ce n'était qu'une menace, vieux. C'était la carte que j'avais à jouer.

— Vraiment ? Mais Paul, tu es en train de pisser sur ma moquette, là. Tu es au courant ?

— *Quoi ? Mais qu'est-ce qui se passe ?*

— Tu es devenu incontinent ?

— Jamais. Tu veux rire.

— Tu es en train de pisser dans ton pantalon ou je rêve ? »

Il fallait bien l'admettre. La tache qui s'étalait à présent en un grand cercle sombre autour de lui n'émanait pas du Saint-Esprit. À présent, il sentait nettement la tiédeur de l'urine qui coulait le long de sa jambe et débordait de sa chaussure pour venir souiller le bureau de Marc Sollens. L'humiliation était totale. L'humiliation atteignait une ampleur qu'il n'avait jamais soupçonnée. Marc tenait-il donc sa vengeance, vingt ans après ?

« Je sais ce que tu te demandes, fit Marc. Et la réponse est oui. Je la tiens. Oui. »

Paul eut ce geste dérisoire : il couvrit ses parties intimes de ses mains. Ce qui ne l'empêcha pas de continuer à uriner abondamment, avec la même constance qu'un robinet. Il en aurait pleuré. Était-ce cette femme que les Sollens connaissaient qui lui avait jeté un sort ?

Il fit demi-tour et courut maladroitement vers les

toilettes. Et maintenant il fondait en larmes. Un véritable cauchemar. Il ne se priva pas de gémir en s'installant devant une cuvette de WC, ouvrant son pantalon transformé en torchon humide pour en sortir cette foutue queue ensorcelée.

Et là, plus une goutte. Plus la moindre goutte. Son cœur battait sourdement, il respirait mal, la sueur perlait de nouveau à son front tandis qu'il observait en grimaçant les étoiles qui filaient en bandes derrière le vasistas. Puis il finit par ranger son instrument et déroula quelques mètres de papier fleuri qu'il mit en boule pour s'en tamponner frénétiquement les jambes, sans grand résultat. Il tira néanmoins la chasse en enfonçant le doigt dans la partie « petite commission » du bouton nickelé superbrillant.

« Dans l'immédiat, ce n'est pas un dentiste qu'il te faut, déclara Marc dans son dos. Vois plutôt un urologue. »

Paul se tourna et demeura un instant sidéré par l'exceptionnel éclat du regard de Marc. « Cette femme m'a jeté un sort ? C'est ça ? finit-il par lâcher en s'avançant vers un lavabo et découvrant la sale tête qu'il avait, ses épaules avachies – empestant.

— Qu'est-ce que tu vas chercher, fit Marc en souriant largement. Qui pourrait t'en vouloir à ce point ? »

Par-dessus l'épaule de celui-ci, Paul apercevait les traces luisantes de son passage dans le couloir et une nouvelle bouffée de honte lui monta aux joues. L'odeur était terrible, atrocement humiliante.

Il aurait aimé évoquer de nouveau le fait qu'il n'avait exercé aucune pression sur Édith, qu'il s'agissait d'une décision commune, qu'ils avaient elle et lui décampé d'un commun accord. Chose que tout le monde savait mais qu'il était bon de rappeler auprès de quelques-uns. Il se demanda s'il n'allait pas un jour lâcher le morceau à propos de la généreuse subvention qu'avait accordée Irène aux jeunes fugitifs – qu'elle aurait préféré envoyer à l'autre bout du monde, mais il ne supportait pas les voyages en avion. Il se demanda s'il n'allait pas faire ça. Tout balancer.

Les envoyer tous au diable. Il regarda sa montre mais ne parvint pas à localiser les aiguilles. Il ne fallait pas qu'il s'attarde trop s'il voulait rentrer dans la foulée et ouvrir un sac plein de billets sous le nez de sa jeune compagne qui cette fois pourrait bien se laisser fléchir – la vie se résumait souvent à du donnant-donnant.

« Je reconnais que tu as eu des frais, fit Marc. Mais partager la vie d'Édith n'a pas eu que des mauvais côtés, ne me dis pas ça.

— Pourquoi je dirais le contraire ? J'ai jamais dit le contraire. L'un n'empêche pas l'autre. »

Il se pencha sur un lavabo et plaça les mains sous le distributeur de savon liquide qu'il actionna du pied après s'être inspecté dans le miroir et avant d'avoir découvert qu'en guise de savon c'était du sang qui lui coulait dans les mains, comme si l'on avait éventré un cochon.

Génial. Il leva les yeux au ciel. Marc pouffait dans son dos. C'était si drôle, n'est-ce pas ? Le coup du sang dans les distributeurs de savon. Marc jouait encore à ça aujourd'hui. C'était si drôle.

Il hocha la tête puis se rinça les mains tandis que Marc finissait de se sécher les yeux et se calmait – bien qu'encore secoué de quelques spasmes.

« Elle était enceinte de moi, Paul. Et tu le savais. »

Paul hésita une seconde. Puis il feinta de côté, esquiva Marc avec l'habileté d'un Manolete des grands jours et se rua dans le couloir comme un forcené. Bizarrement éclairé le couloir. Étonnamment long et vitré, semblable à un tunnel sous-marin. Il mena cependant une course effrénée sur une bonne distance, galopant à toute berzingue dans ses chaussures trempées, car l'autre avait sans doute pris un coup de sang et arrivait sur ses talons pour remettre sur le tapis une histoire qui avait plus de vingt ans. Marc Sollens était devenu fou. Complètement siphonné et Paul allait devoir trouver un autre moyen pour toucher son argent que de rencontrer l'autre en chair et en os. Cet autre *dément.*

Arrivé aux escaliers, il ne comprit plus rien du tout. Marc était là et lui barrait la route.

Lorsqu'il rouvrit les yeux, la première fois, Marc et lui se trouvaient sur le toit. La lune tournait autour de lui, puis c'était l'éclat du fleuve et le trafic lointain, sur le pont Lafayette, puis les bois, la silhouette des bois dans l'obscurité, puis les autres bâtiments industriels qui les entouraient, puis la lune réapparaissait.

Il finit par comprendre qu'il était attaché à l'étoile Mercedes, à la conséquente et fière enseigne qui tournait sur elle-même et s'allumait à la tombée de la nuit, répandant sa lueur bleuâtre alentour. Si ça continuait, il allait avoir mal au cœur. Comment Marc avait-il fait son compte pour le transporter jusque-là et l'attacher à l'enseigne – l'étoile, le sigle fameux qui symbolisait la marque préférée des riches et des chauffeurs de taxi.

Il découvrit qu'il ne pouvait pas crier. Un mystère de plus. Sa bouche s'ouvrait, le cri montait de sa poitrine, s'enflait dans sa gorge, mais rien ne dépassait la luette, aucun son n'atteignait ses lèvres bien qu'il tremblât d'effroi à la vue du jerrycan d'essence que Marc avait apporté là.

À présent, Marc avait les yeux dorés. Les manches de sa chemise étaient soigneusement retroussées. « Je regrette que nous soyons obligés d'en arriver là » déclara-t-il en commençant à asperger Paul avec le sans plomb tout en prenant bien soin de ne pas arroser ses Berluti par mégarde.

S'il avait pu parler, Paul en aurait profité pour renoncer à sa part, pour que chacun reparte de son côté – et quant à lui sans demander son reste –, il aurait supplié Marc de le laisser filer, il se serait traîné sans aucun problème à ses genoux car il n'avait aucune envie de mourir. Et sûrement pas pour cette histoire qui remontait à une autre époque. Ils étaient tellement jeunes. Complètement à côté de la plaque. Sûr qu'il n'avait pas envie de mourir pour cette histoire. Un jet d'essence en pleine poire le fit suffoquer tandis que le paysage nocturne continuait de tourner autour de lui, traversé d'étoiles filantes.

Il s'excusait. Il regrettait. Il se détestait. Il avait honte. « Tout ce que tu voudras mais je ne veux pas mourir » étaient les mots que formaient ses lèvres, lesquelles restaient tragiquement silencieuses tandis que Marc cherchait du feu dans ses poches. Quelle horreur ! D'autant qu'il n'avait pas fait ça simplement pour l'argent, pour la sécurité – si difficile à obtenir aujourd'hui. Il en avait réellement pincé pour Édith en ce temps-là, il n'était pas monté dans le lit de celle-ci à reculons mais au contraire avec un bel enthousiasme. On ne pouvait donc pas lui faire tenir le rôle du parfait salaud. Il ne pouvait pas mériter le sort que l'autre lui préparait aussitôt qu'il aurait mis la main sur des allumettes. Il ne pouvait supporter ce qui allait lui arriver et qu'il fallait réserver aux très mauvais, aux vrais salauds, aux rebuts, mais pas à lui, désolé, pas à un homme qui n'avait fait qu'assurer ses arrières voyant à quel monde hostile il serait confronté dans la vie active, avec ou sans diplôme – *mais qui avait obéi avant tout*, cédé *avant tout* à une très sérieuse attirance envers Édith, très sérieuse attirance, on pouvait dire ça, la souffler au nez des Sollens provoquant certes un certain plaisir, mauvais, totalement assumé, mais somme toute secondaire en vérité.

L'odeur de l'essence le saoulait, sa tête allait d'un côté à l'autre. Au moins, il ne sentait plus la pisse – ainsi que Marc le lui avait fait gentiment remarquer. Pour finir, la flamme jaillit d'un briquet à gaz que Marc retourna chercher dans les bureaux. Cette fois, non content d'avoir les yeux dorés, sa peau semblait constituée d'écailles souples, légèrement nacrées.

« Ne fais pas ça. Ne fais pas ça. *Je t'en supplie, ne fais pas ça.* » Soudain, sa voix s'entendait à nouveau et Paul venait en gémissant d'implorer Marc de retenir son bras, lequel Marc, au même instant, venait d'actionner la molette qui libérait le gaz et transformait le moindre Bic en chalumeau.

Se pouvait-il que Marc fût encore plus cinglé que son frère ?

Paul se mit à pousser un long cri – qui dura le temps que l'emblème de la marque n'exécute une rotation complète sur elle-même et ne le ramène face à son bourreau, hurlant à pleins poumons. Mais rien n'y fit. Marc tendit le bras et pointa sur lui la flamme de son briquet comme un type avec son tuyau pour arroser ses plantes, jusqu'à ce qu'un éclair de feu ronflât et soufflât l'obscurité.

Lorsqu'il rouvrit les yeux la seconde fois, épouvanté, Sylvie écartait largement les rideaux de la chambre et le soleil entrait à flots et elle lui disait : « Lève-toi donc, espèce de feignant, et prépare-nous le petit déjeuner, ou ce que tu veux, il est presque midi. Je meurs de faim. »

Roberto traîna devant le garage pendant des heures, mais il ne trouva pas le courage d'y pénétrer. Il parcourut ainsi une bonne vingtaine de kilomètres. Puis le soleil se coucha et inonda l'avenue de lumière et de poudre dorée – mais pas d'illumination intérieure, pas assez de courage, rien ne venait et rien n'est venu.

Du trottoir, il disposait d'une belle vue sur les bureaux et il voyait Marc dans le sien, et là, il aurait fallu se servir d'une fourche pour le faire avancer, pour lui faire mettre un seul pied à l'intérieur du garage.

Il était redevenu le jeune type d'autrefois, le type qui se serait fait découper en rondelles pour n'importe lequel des deux frères, le type qui les avait séparés au risque de s'en prendre – et il en avait pris –, le type qui ne les avait jamais trompés, *et surtout pas le type qui un jour baiserait leur fille.* « Mon Dieu ! Mon Dieu ! » gémissait-il en arpentant les trottoirs ensoleillés au-dessus desquels froufroutaient les arbres – les employés de la voirie attendaient que tombe la première feuille, accoudés aux râteaux, mais l'été s'obstinait et un vent doux dansait dans les frondaisons. « Mon Dieu ! gémissait-il. Mon Dieu ! »

Un miracle s'était accompli et ce miracle démolissait sa vie. Il en frémissait encore. Il frémissait encore de ce qui lui était arrivé à un âge où l'on n'y croyait plus beaucoup, où l'on s'engageait sur la voie du célibat, avec une douce résignation et quelques bâillements.

Roberto se voyait finir vieux garçon et voilà que ce beau projet explosait en plein vol à l'occasion du remplacement d'un bloc de douche qui s'était terminé en geyser, en jaillissement inexprimable. Toute la donne s'en trouvait bouleversée. Mais comment aurait-il pu traverser le parking, monter jusqu'au bureau de Marc et lui avouer ce qu'il avait fait ? Même si son cerveau en avait donné l'ordre, son corps n'aurait pas bougé.

Penser à elle augmentait les battements de son cœur. La fille d'Édith. La fille de Marc. Il en était pris de vertige. Le produit d'Édith et de Marc. Comment avait-il osé ? Comment allait-il pouvoir réapparaître devant eux après avoir baisé leur bébé – aussi nobles que fussent ses intentions – car c'était de ça qu'il s'agissait dans son esprit, à quelque chose près.

Il fit demi-tour au crépuscule. Si David ne s'était pas retrouvé chez les fous, sans doute Roberto se serait-il tourné vers lui. David aurait su quoi faire. Pour ça, les deux frères représentaient une mine. Il suffisait de suivre leurs instructions.

Certes, les relations n'étaient plus au beau fixe depuis que David et Marc s'étaient défilés et n'avaient pas cautionné son projet de laverie automatique auprès de la banque. Ses yeux s'étaient dessillés. Mais il restait leur affidé, malgré tout. Il était fait pour ça, semblait-il. Il n'avait pas beaucoup d'autres certitudes, dans la vie. Le passage à l'âge adulte s'était révélé une pure tragédie pour la plupart des gens qu'il connaissait.

Sonia jurait qu'il n'y avait aucun souci à avoir et qu'elle n'accepterait pas une quelconque intrusion dans leurs affaires, mais le cher ange ne pouvait pas comprendre. Au Japon, autrefois, le coupable se serait ouvert le ventre pour se punir d'un tel manquement aux codes de la loyauté et aurait jeté ses entrailles aux chiens.

« Tu ne connais pas ton père, lui dit-il. Je ne crois pas qu'il appréciera. D'un autre côté, je me mets à sa place.

— Ne te mets pas à sa place. Personne ne te demande de te mettre à sa place. »

Une chose que Sonia n'arrivait pas comprendre et l'émerveillait à la fois : pourquoi le trouvait-elle tellement à son goût, aujourd'hui ? Pourquoi l'amour était-il le plus grand mystère de tous les temps, de son point de vue ? Elle regardait son nouvel amant avec un tel effarement intérieur – tellement ça semblait énorme – que sa mâchoire pouvait en tomber.

Plus tard, il gara sa Ballabio devant l'hôpital –

Sonia adorait la moto, à présent, le moindre tour la ravissait.

Décidément, elle préférait les hommes mûrs, songea-t-elle. Il lui renvoya un sourire. Ce qui arrivait était horrible, se disait-il. L'histoire allait remonter à la surface et il allait y avoir un moment très pénible à vivre. Elle risquait ensuite de le regarder d'un autre œil car elle aimait bien Catherine Da Silva – et celle-ci ne manquerait pas de lui apporter tous les détails qu'elle voudrait.

Voilà comment finissaient les traîtres, se disait-il. Couverts d'opprobre. Voilà comment finissaient les hommes qui couchaient avec les filles de leurs meilleurs amis. Le feu du ciel allait se déclencher, Marc allait le tuer, Sonia n'allait plus vouloir de lui et pour finir il allait tout perdre. C'était dans l'ordre des choses. Il avait visé trop haut, beaucoup trop haut. Il n'avait pas su rester à sa place. Si bien que lorsqu'il la serrait dans ses bras, il pouvait se mordre l'intérieur des joues jusqu'au sang.

Il fallait attendre le feu vert du directeur pour les visites accordées à certains patients et ils divaguèrent un moment dans le parc verdoyant, touffu, au milieu des fous tranquilles et des azimutés, s'effleurant les mains, s'embrassant furieusement sous les grands arbres, bien qu'il eût le double de son âge. Rob, comme elle l'appelait dans l'intimité, Rob chéri. Seigneur. Tout ce qui était bon faisait mal. Tout ce qui était bon rendrait le châtiment encore plus rude. Aucune femme au monde ne l'avait appelé Rob chéri. Quoi qu'il en soit, ils se demandaient s'ils allaient trouver chez David le soutien qu'ils escomptaient et plus le moment de la rencontre approchait, plus le doute s'installait. Était-ce une bonne idée ? Cette démarche était-elle une si bonne chose ?

Sonia y croyait davantage que lui. Elle ressentait une véritable affection pour David. Ils avaient noué, selon elle, de vrais rapports, et elle se disait persuadée qu'il passerait dans leur camp et interviendrait auprès de Marc le moment venu. David était devenu un habitué de la maison – à la limite de l'envahissant, c'est pour dire. Il les aiderait. Elle avait fini par persuader Roberto – Rob chéri – qu'un tel scénario était possible : qu'un Sollens prendrait sa défense contre un autre Sollens – elle lui avait fait avaler ça. Que David allait les prendre sous son aile.

Il n'avait pas besoin de lever les yeux pour voir où il se trouvait. Quel genre de soutien fallait-il espérer ici ? La main de Sonia dans la sienne. Comme s'il avait ramassé un coquillage de nacre.

David resta le dos tourné. Debout devant la fenêtre. Sans prononcer une parole. Mains croisées dans le dos. Parfaitement immobile. Si bien que les deux autres se regardèrent, au bout d'une assez longue minute et lui demandèrent si ça allait.

Il lui fallut quelques secondes supplémentaires pour desserrer ses mâchoires et empêcher son corps de chanceler. Une si bonne nouvelle prenait un certain temps à se digérer. Les parois de ses poumons s'étaient collées et il fallait une forte inspiration pour les redéployer. Est-ce qu'il allait bien ? C'était ça qu'ils lui demandaient ?

Pour finir, il se tourna. Le plus dur était de les

regarder dans les yeux. Le plus dur était de ne pas prendre feu comme un morceau d'étoupe. Sinon, ça allait. Les tranquillisants qu'il avalait n'étaient pas de trop. Il réussit même à les prendre par le cou – sans envoyer les deux crânes s'exploser l'un contre l'autre – et à les féliciter.

Sonia faillit l'électrocuter en posant la main sur son avant-bras. Pour lui dire qu'elle le trouvait pâle, par-dessus le marché.

« C'est bon, ici ? C'est comment, la cuisine ?

— C'est que... ma chérie, dit-il, heu...

— Je sais, soupira-t-elle. Je sais. Je sais que le drame est encore tout près. Je le sais. Mais ça ne se commande pas, tu sais. »

Maintenant, il avait mal au ventre. Un voile glacé se déposa sur son front lorsqu'il croisa le regard de Roberto qui, l'espace d'une seconde, venait d'abandonner la contemplation du sol et prenait un air si implorant qu'on en était malade pour lui.

Ce regard poursuivit David jusqu'à la tombée de la nuit – la visite de Josianne n'y changea rien. Ce regard fautif. Roberto. Rob. Robby. Ce regard implorant.

Pas étonnant. Il y avait de quoi, songea David. Rob devait les avoir à zéro. Il pouvait. Lorsque l'on transgressait certaines lois, il fallait s'attendre à se mordre les doigts. Mais qui aurait cru qu'il ferait ça ? Encore à cette heure, lune ardente et haute dans le ciel, David avait du mal à le croire. Croire que Rob ait pu faire ça. Y penser provoquait presque un spasme – une heure plus tôt, il en avait vomi tout son repas. Sur les genoux de Josianne.

Il se sentait beaucoup plus calme, à présent. Il

avait pris ses médicaments du soir. De son lit, il jouissait d'une large vue sur le ciel. Les oiseaux de nuit planaient au-dessus du parc, derrière le grillage, et tandis qu'il les suivait des yeux, dans leur vol erratique, il se demandait, encore et encore, si le vrai cauchemar qu'il vivait n'était pas celui-là, celui que lui servait Roberto en séduisant Sonia. Heureusement, il n'avait plus une miette de nourriture dans l'estomac et ne crachait plus qu'un maigre filet glaireux dans le fond d'une cuvette qu'il gardait à proximité. Après chaque déglutition, il se laissait retomber en arrière, littéralement défait.

S'il ne les avait pas poussés dans les bras l'un de l'autre, il y avait largement contribué et cette pensée-là lui piquait le nez comme de la moutarde et lui mettait les larmes aux yeux.

Josianne n'avait pas compris pourquoi cette histoire le mettait dans un tel état alors qu'ils avaient d'autres sources de préoccupation. Pour elle, une fille de vingt ans passés n'avait plus besoin qu'on reste pendu à ses basques, ni qu'on choisisse pour elle un petit ami. Et elle se disait blessée que son propre désarroi, le désarroi de *sa propre femme*, n'éveillât pas chez lui davantage d'intérêt – et il eut un mal fou à rattraper ça, il dut l'étreindre durant de longues minutes, furieux contre lui-même, furieux de son attitude vis-à-vis d'elle, comme si Josianne n'avait pas eu son lot de contrariétés et qu'il fallût qu'il en rajoutât.

Elle avait ôté sa culotte et rejoint David sur sa chaise en pleurant comme une madeleine à cause du sort qui semblait s'acharner sur eux.

Il s'était trouvé pris de court. Alors qu'elle mouillait déjà abondamment. L'horreur. Mais d'un autre côté, comment faisait-elle pour avoir ça en tête en de telles circonstances ? Il se racla la gorge et avança quelques maigres explications à son manque d'enthousiasme, genre les médicaments ou l'absolue atrocité des lieux.

Ce qui fit pleurer Josianne de plus belle – comme elle pleurait encore de joie quelques mois plus tôt, écoutant en boucle *Need to Shout* d'Architecture in Helsinki avec lui et tâchant de jouir ensemble au terme de fructueux préliminaires. Elle le repoussa et se releva d'un bond.

Il comprenait ça. Il était *tellement* désolé. Il lui dit : « Viens là, viens là... je vais t'expliquer, je suis tellement monstrueux... » Il se pencha et lui prit les mains pour la tirer de la chaise où elle venait de s'effondrer avec une grimace amère, mais elle se raidit. « Ne sois pas bête, poursuivit-il. Ne va pas imaginer je ne sais quoi... » Et c'était là qu'au même instant, alors qu'il tâchait de lui présenter les choses plus plaisamment, il avait vomi tout son repas sur les genoux de Josianne, d'un seul jet abominable et puissant, à la seule idée que Roberto niquait Sonia.

Mieux valait oublier la suite jusqu'à son départ. Difficile d'imaginer pire. Difficile d'imaginer plus triste – elle nettoyant sa robe sous le néon poussif de la salle de bains tandis qu'un type passait une serpillière d'un air dégoûté et que des cris sourds provenaient de l'autre bout du couloir, presque inhumains. Se prendre la tête entre les mains ne servait à rien mais il n'y avait rien de mieux à faire.

Il tendit le bras vers elle. Comment une femme pouvait-elle mesurer l'envie qu'on avait d'elle à certain afflux de sang dans un corps caverneux ? Josianne n'en soupira pas moins et sortit à reculons, la tête basse, tandis qu'il laissait retomber son bras. Dieu sait que pourtant, cette femme, il avait de l'affection pour elle.

L'infirmier qu'elle avait sonné d'un coup de tabouret se trouvait être également le dealer de service et David lui acheta de quoi fumer, le soir venu, car il voulait oublier ça, cet épisode tragique – à défaut d'oublier le reste, encore plus noir et malheureusement indélébile.

De l'afghan, estampillé à la feuille d'or. Les talibans faisaient du bon boulot. À présent, un fin nuage de fumée bleue s'étalait au plafond et les choses importaient moins.

Il envoya un message à Josianne pour lui dire qu'il pensait à elle et il attendit qu'elle réponde. Il observa un oiseau de grande taille perché sur une branche, sauf qu'on n'était pas en Afrique ni chez Lewis Carroll.

Elle lui répondit : « Je conduis. Laisse-moi. Je suis en voiture. Je raccroche. »

Il resta un moment l'appareil à l'oreille, bien que la communication fût coupée. Dans la bibliothèque de son frère, il trouva *Need to Shout* qu'il écouta aussitôt car ce morceau lui rappelait d'émouvantes séances avec elle et il estimait qu'il était grand temps de se les remettre en mémoire, vu la direction que les événements prenaient – puis (*Antechrist Television Blues*) d'Arcade Fire, ce morceau qui lui étreignait carrément le cœur et enfonçait toutes les drogues qu'il eût jamais prises.

Si Josianne le lâchait, il risquait de tomber comme la pierre au fond d'un puits. Il en avait parfaitement conscience. S'il n'avait pas, malheureusement, pu vérifier qu'il était capable du pire, il aurait pu estimer que cette femme l'avait enfin guéri. Il l'avait cru. Elle en était capable. À maintes reprises le visage de Josianne venait se substituer à celui d'Édith s'il pensait à cette dernière. Le malheureux incident qui venait de se dérouler, ajouté au fait qu'elle ne décrochait plus son téléphone, n'incitait certes pas à l'euphorie. Sans doute. Ils traversaient une passe difficile. Mais il avait confiance. Elle n'allait pas le lâcher. Elle était sa femme. Elle ne pouvait pas lui demander de bander du matin au soir. Elle le savait très bien. Il avait tué un homme. Elle avait cédé à un mouvement d'humeur parfaitement compréhensible. Mais à présent, elle devait se reprendre et l'appeler pour lui dire qu'elle s'excusait.

« Pas la peine de t'excuser, lui répondit-il. C'est oublié.

— Ta mère me fait signe qu'elle t'embrasse.

— Parce que, vois-tu, excuse-moi, mais je ne comprends pas comment tu peux t'embraser ainsi, d'un seul coup... »

Elle raccrocha avant qu'il ait pu terminer sa phrase. Fichu caractère, non ?

Cet ouvrage a été réalisé par

FIRMIN DIDOT

GROUPE CPI

Mesnil-sur-l'Estrée

pour le compte des Éditions Julliard
24, avenue Marceau, 75008 Paris
en avril 2007

La photocomposition de cet ouvrage
a été réalisée par
GRAPHIC HAINAUT
59163 Condé-sur-l'Escaut

N° d'édition : 47701/01 - N° d'impression : 84783
Dépôt légal : avril 2007

Imprimé en France